AF201338

FELICITY GREENS
HALLOWEEN-STORYS

TEUFLISCH DUNKEL, TEUFLISCH KALT, SAMHAIN

FELICITY GREEN

Verlag: BoD · Books on Demand GmbH, Überseering 33,
22297 Hamburg, bod@bod.de
Druck: Libri Plureos GmbH, Friedensallee 273, 22763 Hamburg

Felicity Green
Felicity Greens Halloween-Storys

© Felicity Green, 1. Auflage 2018
www.felicitygreen.com
Veröffentlicht durch:
A. Papenburg-Frey
Schlossbergstr. 1
79798 Jestetten

Umschlaggestaltung: GoOnWrite.com
Korrektorat: Wolma Krefting, bueropia.de

Alle Rechte, einschließlich dem des vollständigen oder teilweisen
Nachdrucks in jeglicher Form, sind vorbehalten.
SAMHAIN – DAS WECHSELKIND ist erstmals 2015 als E-Book
erschienen.
TEUFLISCH DUNKEL ist erstmals 2017 im E-Book HIGHLAND-
HEXEN-KRIMIS: Sammelband I-III erschienen.
Personen und Handlungen sind frei erfunden. Ähnlichkeiten mit lebenden
und verstorbenen Personen sind rein zufällig und nicht beabsichtigt.
TEUFLISCH DUNKEL: Ma Winchesters Geschichte beruht auf den
Kindheitserinnerungen von Elisabeth Carson, wiedergegeben auf
www.arrocharheritage.com
TEUFLISCH KALT: Das Hotel Cameron House gibt es tatsächlich. 2017
ist dort ein Feuer ausgebrochen, aber der Tsunami auf dem Loch Lomond
ist ein fiktives Ereignis aus DER TEUFEL IM SPIEL. Meines Wissens
lastet kein Fluch auf dem Hotel!

ISBN Print BoD: 978-3-7481-1082-8

1

TEUFLISCH DUNKEL

»**A**ls ich ein kleines Mädchen war, da gab es noch pechschwarze, tiefe Finsternis, die einem richtig Angst machen konnte«, begann meine Großmutter ihre Geschichte immer.

»Eine solche Dunkelheit kennt ihr gar nicht mehr. Damals gab es in Arrochar keine Straßenlampen und keine Elektrizität. Die einfachen Leute, die in den Cottages am Loch Long wohnten, lebten im Einklang mit dem Tagesrhythmus, der ihnen von der Natur vorgegeben wurde. Morgens stand man früh auf und abends ging man zeitig schlafen. Mit Kerosin ging man sparsam um. Die vereinzelten Lichtpunkte dieser Kerosin-Lampen, die in schwarzen Nächten durch die Fenster der Cottages drangen, glichen eher den Augen von wilden Tieren als Sternen, die einem den Weg zeigten. Und auf die Sterne am Firmament konnte man auch selten zählen, weil der Himmel oft wolkenverhangen war.

Ich habe mich immer gefürchtet, wenn ich an Winterabenden noch etwas vom Laden in Arrochar besorgen und dann im Dunkeln entlang des Loch-Long-Ufers nach Tighness laufen musste. Das Wasser klatschte in einem unberechenbaren Rhythmus gegen den Damm und unerwartet lautes Plätschern ließ mich stets zusammenzucken. Ich habe Kirchenlieder leise vor mich hin gesungen, den ganzen Weg, bis ich zu Hause ankam, so als ob ich damit die Dämonen der Nacht vertreiben könnte.«

Zu diesem Zeitpunkt in der Geschichte rutschte meine Großmutter etwas tiefer in den mit einem gemütlich weichen Schaffell ausgelegten Schaukelstuhl neben dem Kamin, und wir Kinder beugten uns gespannt vor. Denn wir wussten, dass Oma jetzt zu dem interessanten Teil übergehen würde.

Der schaurig-schöne Teil, der herrlich-gruselige – und vor allem, der verbotene! Unsere Eltern wussten nichts davon, dass Oma diese Geschichte zum Besten gab, denn sie waren nicht dabei.

Es war Tradition, dass wir Kinder Halloween bei unserer Großmutter, die alle Ma Winchester nannten, im Admiralty Cottage in Tighness begannen. Dort gab es selbst gebackene, herrlich fettige, aromatische Sausage Rolls und heißen Kakao – und die Gruselgeschichte. Dann verkleideten wir uns mit den muffig riechenden, abgewetzten Kleidungsstücken aus der großen Kostümkiste auf Omas Dachboden, malten unsere Gesichter an und zogen los. Wir gingen nach Arrochar, wo wir einige Häuser abklapperten, und dann weiter den Fußpfad entlang, der Arrochar und Tarbet miteinander verband. In Tarbet klopften wir auch überall an die Häuser und verlangten nach Süßigkeiten. Mit Rucksäcken voller Leckereien kamen wir dann meistens so um 10 Uhr wieder daheim an. Meine Cousins und Cousinen aus Arrochar übernachteten bei uns oder bei den Winchesters, die ebenfalls in Tarbet wohnten.

So ging das schon seit Jahren. Mein Vater hatte acht Brüder und zwischen dem jüngsten und dem ältesten lagen siebzehn Jahre. Genauso weit auseinander waren die vielen Cousins und Cousinen in meiner Familie. Und so gab es immer eine große Bande sechs bis sechzehnjähriger Winchesters, die an Halloween zusammen Tarbet und Arrochar unsicher machten.

Wir waren viele und die Älteren passten auf die Jüngeren auf. Man kannte sich hier, auf dem Lande, in den kleinen Dörfern in den schottischen Highlands. Ich glaube, dass sich unsere Eltern deshalb nie Gedanken gemacht hatten, dass uns etwas passieren könnte.

Bis zu diesem Abend, an dem die Tradition starb.

Und nicht nur die Tradition.

An diesem letzten gemeinsamen Halloween-Abend der Winchester-Kinder waren wir zu acht. Meine kleine Schwester Nancy war gerade sieben geworden. Unser Cousin David war acht. Seine ein paar Jahre älteren Brüder, die Zwillinge Kenny und Roddy, waren ebenfalls dabei. Mein Bruder Johnnie war ihr bester Kumpel, aber er saß mit einem eingegipsten Bein zu Hause fest. Er hatte sich deshalb sehr geärgert, aber im Nachhinein musste er dankbar für seinen Unfall gewesen sein.

»Ich weiß nicht, ob ich noch an Gott glauben kann, Nellie«, hatte meine Mutter irgendwann später einmal gesagt. »Aber ich bin davon überzeugt, dass an diesem Halloween eine göttliche Macht schützend seine Hand über Johnnies Haupt gelegt und ihn daheim behalten hatte, damit ihm nichts passiert.« Ich sagte nie etwas dazu. Ich glaubte mittlerweile an vieles, aber sicher nicht mehr an Gott.

Meine Cousine Etta, die ebenfalls in Tarbet wohnte, war meine beste Freundin. Wir waren im gleichen Alter, beide vierzehn. Die Ältesten waren Rob und Sammy. Sie planten, nächstes Jahr schon nicht mehr mitzumachen. Das war wahrscheinlich auch der Grund, warum sie uns dazu anstifteten, diesmal unsere Pläne zu ändern – und uns damit ins Verderben führten.

Sie hatten Ma Winchesters Geschichte schon so oft

gehört, wahrscheinlich ein Dutzend Mal, wie sie früher *guising* gegangen war. Halloween, das viele für ein amerikanisches Fest halten, hat seine Wurzeln eigentlich im keltischen Samhain, und viele der Halloween-Traditionen stammen aus Schottland. Beim *guising*, was von *disguise*, also *verkleiden* oder *maskieren*, kommt, zog man sich alte Klamotten an und färbte das Gesicht schwarz, damit böse Geister einen nicht erkannten, wenn man am Halloween-Abend draußen herumlief. Hier in Schottland wurden oder werden oft noch Rüben, keine Kürbisse, ausgehöhlt und mit einer Fratze versehen. Diese Laternen waren, wie Feuer auch, dafür da, die bösen Geister fernzuhalten. Wir hatten mittlerweile das »Süßes oder Saures«-Rufen übernommen, aber früher sang man ein Lied, sagte ein Gedicht auf oder erzählte einen Witz, um Äpfel, Nüsse, süße Leckereien oder Geld zu bekommen.

Damals war es auf den Dörfern gang und gäbe, dass die Kinder sich nach dem *guising* in einem Haus einfanden, wo ein großes Fest gefeiert wurde. Dort wurden Spiele gespielt, wie nach Äpfeln zu tauchen oder *Treacle Scones*, wo man ebenfalls mit hinter dem Rücken zusammengebundenen Händen, nur mit dem Mund, nach mit Sirup übergossenen Scones schnappen musste, welche an einer Schnur hingen. Es wurde die Zukunft vorausgesagt, indem man Nüsse ins Feuer warf, Eiweiß ins Wasser gab oder einen Apfel rundherum im Kreis schälte, bis sich die Pelle in einer großen Spirale löste. Die warf man dann über den Kopf. Der Buchstabe, den die auf dem Boden liegende Schale formte, sollte der Anfangsbuchstabe des Mannes sein, den man heiraten würde.

Großmutters Geschichte fing immer damit an, wie früher Halloween gefeiert wurde, aber es lief auf ein bestimmtes Erlebnis heraus, das sie gehabt hatte, als sie ein kleines Mädchen gewesen war. *Das* war die Gruselstory, die wir alle hören wollten.

»Das Haus, in dem wir damals die Party nach dem *guising* feierten, war in Glen Loin. Ein großer Hof war es, der uns hier in Arrochar und Tarbet mit Milch belieferte. Die Hausherrin hatte ein Herz für Kinder und diese Feiern waren immer etwas ganz Besonderes. Aber der Weg zu dem Haus war nicht so einfach. Ein schmaler Trampelpfad führte dorthin, und wir Kinder mussten einer nach dem anderen marschieren. Die finstere Nacht wurde nur durch die Rüben-Laternen erhellt. Den Kleinsten zitterten immer schon die Arme davon, die schweren Laternen zu halten, und keiner beneidete das letzte Kind in der Reihe unserer Halloween-Prozession.

Was waren das für Lichter, die wir ab und zu im Dunkeln aufblitzen sahen? Waren es Lampen in den Cottages oder vielleicht die Augen von Tieren? Oder schlimmer noch, die Augen der grässlichen Monster, der auferstandenen Toten, die in dieser Nacht, in der der Schleier zwischen der Welt der Lebenden und der der Toten am dünnsten war, umherwanderten? Waren diese Lichter gemeine Feen, die unsere Seelen stehlen oder uns sonst wie schaden wollten?

Geschichten von Fabelwesen, die die Highlands unsicher machten, gab es genug. Und früher noch mehr als heute wurde das sehr ernst genommen. Die Leute unternahmen einiges, um ihre Häuser, ihre Familie, ihre Ernte und ihr Vieh vor Feen, bösen Geistern oder sonstigem Unglück zu beschützen.

Eins dieser Fabelwesen war Caith Sith, die schwarze Katze. Wir stellen ihr immer noch einen Unterteller mit Milch raus, nicht wahr, obwohl ich keine Kühe habe, deren Milch sauer werden würde, wenn ich es nicht mache. Aber Caith Sith zu besänftigen ist wichtig.«

Rob und Sammy sahen sich an und rollten mit den Augen, aber Nancy und David schauten Oma gespannt an. Sie hatten die Geschichte erst ein- oder zweimal gehört.

Gleich würden sie verängstigt zusammenzucken, aber jetzt gerade spielten sie mit dem Gedanken, hierzubleiben und darauf zu warten, dass dieses Tier kam, um ihm zuzuschauen. Mir ging es immer noch ein bisschen so, dass mein Herz weich wurde beim Gedanken an eine Katze, die Milch vom Unterteller schleckte. Doch ich wusste es eigentlich besser, denn es handelte sich keineswegs um eine süße Miezekatze. Das hier war ein schreckliches Fabeltier.

»Der Legende nach ist Caith Sith eine Hexe, die sich neun Mal in eine Katze verwandeln kann. Nach dem neunten Mal bleibt sie in Katzengestalt. Sie ernährt sich von den Seelen der Menschen und versucht, sie ihnen auszusaugen. Caith Sith ist kein kleines Kätzchen, sondern gleicht eher einer großen Raubkatze. Sie ist ganz schwarz, hat aber einen weißen Fleck auf der Brust.

An diesem Halloween-Abend gingen wir nach dem *guising* also wie immer den Trampelpfad zum Glen-Loin-Hof hoch. Ich war die Vorletzte in der Prozession. Die kleine Katie Taylor hatte leider den kurzen Strohhalm gezogen und lief als Letzte hinter mir. Es schien noch nicht mal der Hauch eines Mondes in dieser Nacht und Sterne am Himmel konnte ich auch nicht erkennen.

Es war stockfinster. Dann kam auf einmal ein fürchterlicher Wind auf. Meine Laterne und die der Kinder unmittelbar vor mir schwenkten gefährlich hin und her. Einige Lichter gingen aus. Ich betete stumm, dass meine Kerze in der Laterne anblieb. Bald tat mir der Arm weh, so verkrampft hielt ich den Stab. Panik stieg in mir auf, und ich wusste, dass etwas Fürchterliches passieren würde. Ich konzentrierte mich darauf, gleichmäßig ein- und auszuatmen. Dabei – und wegen des pfeifenden Windes – entging mir fast der kleine Aufschrei hinter mir.

Nur ungern wandte ich den Blick von meiner Laterne ab, aber ich musste mich versichern, dass mit Katie alles in Ordnung war. Ich tippte noch dem Jungen vor mir, ich glaube, es war einer der MacLeod-Jungs, auf die Schulter. Dann drehte ich mich um. Der Wind riss mir den Hut vom Kopf und mein langes Haar klatschte mir ins Gesicht. Unwirsch strich ich es mir mit meiner freien Hand aus den Augen. Als ich wieder klare Sicht hatte, suchte ich den Weg hinter mir nach Katie ab. Doch da war nichts als finstere Nacht.

Katie war verschwunden. Ich war jetzt die Letzte in unserer Prozession. Ich schrie auf, weitaus lauter, als Katie es getan hatte. Ein paar Kinder vor mir mussten es mitbekommen haben und stehen geblieben sein, denn ich hörte ihre Stimmen – und dann den kollektiven Aufschrei, als ich meine Laterne hob.

Im diffusen Schein der Rüben-Laterne sah man eine große, dunkle Katze etwas oberhalb des Pfades stehen. Ihre Augen leuchteten gelb und heller als die Kerzen, die wir dabei hatten. Zu jedem anderen Zeitpunkt hätten wir sie für eine Wildkatze gehalten, aber in dieser Nacht war uns klar – es war Caith Sith. In ihrem Maul trug sie die kleine Katie Taylor, am Nacken, so wie eine Katze ihr Junges trug.

Katie bewegte sich nicht.

Ich stand wie erstarrt da. Ich hatte das Gefühl, mein Herz war stehen geblieben, und meine Kehle war auf einmal wie zugeschnürt.

Ich japste nach Luft, als ein paar Gestalten den Pfad heraufkamen. Es hätten natürlich andere Geister oder sonst etwas Gefährliches sein können, aber so weit dachte ich damals nicht. Ich rief sofort laut um Hilfe. Und die Gestalten, die ich gleich darauf als Frauen aus dem Dorf erkannte, kamen angerannt.

Erst war ich sehr erleichtert, da ich glaubte, sie würden uns retten. Doch als ich erkannte, welche Frauen es waren, bekam ich sofort wieder schwache Knie. Mit einem Mal war ich sicher, dass wir verdammt waren.

Die Frauen waren Hexen.«

Kenny und Roddy kicherten und Ma Winchester unterbrach ihre Geschichte, um sie milde anzulächeln.

»Ja, lacht ihr beiden nur. Heutzutage sind Hexen genauso Fabelwesen wie Feen und Vampire, stimmt's? Nellie und Etta haben sich heute sogar als Hexen verkleidet, nicht wahr?«

Sie zeigte auf unsere Kostüme – wir hatten uns die gekauft, statt wie gewöhnlich die alten, muffigen Sachen aus Omas Kiste anzuziehen. Etwas schuldig schauten Etta und ich uns an, aber Oma redete gleich weiter.

»Früher waren Hexen keine Fantasiewesen und dass es in unserer Gegend ganz fähige Hexen gab, war ein offenes Geheimnis. Die Leute gingen zu ihnen, wenn sie Schutz vor bösen Geistern suchten, wenn sie krank waren oder bei jeder anderen Gelegenheit auch. Die Frauen waren bekannt, auch wenn man sie nicht Hexen nannte.

Die Frauen, die in der Nacht den Pfad hochkamen, waren definitiv Hexen, denn sie wurden von der schrulligen alten Mairi MacDonald angeführt. Ihr kennt sie noch, die Inhaberin des *Thistle Inns* in Tarbet.«

Es ergab natürlich überhaupt keinen Sinn, dass Mary MacDonald, wie sie jetzt genannt wurde, schon damals eine schrullige alte Frau war. Dann müsste sie mittlerweile ja über hundert Jahre alt sein. Aber wir akzeptierten Omas Ausschmückungen wie die in einem Fantasyroman oder Film. Es war ja nur eine Geschichte, auch wenn sie insistierte, dass sie wirklich passiert war.

»Dabei war auch noch Betsy Whyte. Sie hatte in einer Vision gesehen, dass Katie Taylor in Gefahr war, wie sich später herausstellte. Deshalb waren die Hexen gekommen. Mrs MacDonald übernahm sofort die Kontrolle über die Situation. »Miranda Carson«, sprach sie die gefährlich aussehende Riesenkatze an. »Du wirst sofort das Mädchen loslassen. Du hast seit Jahren keine Seelen von Lebenden mehr gegessen und du wirst auch heute nicht damit anfangen!«

Die Katze machte einen Buckel und man konnte praktisch sehen, wie sich ihre Haare aufstellten. Die Ohren waren flach an den Kopf gelegt und der Schwanz zitterte. Mit einem Fauchen, das mir bis ins Mark ging, ließ die Katze Katie los. Das Mädchen fiel mit einem dumpfen Plumps ins nasse Gras, rollte etwas den Hang herunter und blieb liegen, als ihr Sturz von einem Gesteinsbrocken aufgefangen wurde.

Ich wollte nichts lieber tun, als zu ihr hochzukraxeln, um festzustellen, wie es ihr ging, aber ich war still wie eine Statue, so viel Angst hatte ich vor dem Biest.

Nicht Mrs MacDonald. Die seufzte und sagte: ›Matilda, gib mir eine Flamme, die nicht erlöscht.‹

Eine der Frauen reichte Mrs MacDonald eine kurze Fackel. Die Flamme flackerte heftig, als Mrs MacDonald zu Caith Sith hochkletterte. Mairi tänzelte angesichts des abschüssigen, glitschigen und unebenen Terrains sowie ihres Alters überraschend leichtfüßig um die Katze herum.

Das Biest machte immer noch Drohgebärden und fauchte fürchterlich. Nasse Blätter tanzten im Wind, als Mrs MacDonald weitermachte, und mein Bewusstsein registrierte irgendwie, dass sie dreimal im Uhrzeigersinn um Caith Sith herumging und irgendwelche Worte sprach, die ich nicht ausmachen konnte.

Schließlich sank der Buckel der Katze und ihre Ohren stellten sich auf. Ihre Gesichtszüge schienen zu entspannen, nur die gelb leuchtenden Augen wirkten immer noch bedrohlich. Caith Sith setzte sich auf die Hinterbeine und leckte sich die Pfote, so als ob sie an der Situation völlig unbeteiligt sei.

Eine der Frauen, deren blonde Haare vom Wind in alle Richtungen gepeitscht wurden, lief zu Katie und nahm sie in die Arme. Sie zog etwas aus ihrem Mantel, eine Flasche vielleicht. Auf jeden Fall schien sie Katie etwas zu verabreichen. Gleich darauf hustete das Mädchen und regte sich.

Das Gefühl der Erleichterung, das durch meinen Körper schoss, ließ meine Muskeln entspannen und erst da merkte ich, wie steif ich gewesen war. Meine Laterne hatte ich noch verkrampft in der Hand gehalten und ich setzte sie jetzt ab, als ich mit schwachen Knien zu Boden ging. Dort blieb ich erst einmal hocken, auch nachdem die blonde Frau etwas in Richtung der Katze geworfen hatte, woraufhin die aufstand und langsam im Dunkel der Nacht verschwand.

Die blonde Frau nahm Katie hoch, in den Arm, wie ein Baby, und ging zu den anderen zurück. Ich glaube, es war sogar Mrs MacDonald selber, die mir hochhalf und fragte, ob alles in Ordnung sei. Ich erinnere mich nur, dass ich wie betäubt nickte. Auf jeden Fall drückte mir jemand meine Laterne in die Hand, die erstaunlicherweise noch brannte.

»Geht weiter und gebt acht«, riet uns Mrs MacDonald. »Wir nehmen Katie mit ins Dorf. Und wir sagen Bescheid, dass ihr im Glen-Loin-Hof nächtigt – ihr solltet die Nacht nicht mehr hier entlangwandern.«

Wir gehorchten. Ich sah den Frauen nach, wie sie den Berg hinuntergingen, und beeilte mich dann, wieder den Anschluss zu finden. Der Wind ließ nach, so schnell wie er gekommen war, und eine unheimliche Stille legte sich über den Glen.

Die Lichter brannten im Glen-Loin-Hof, aber obwohl ich wusste, dass es das große Haus war, konnte ich dem eine ganze Weile nicht trauen. Erst als wir einige Meter vor dem Haus angekommen waren, ließen mein heftiges Herzklopfen und das Rauschen in meinen Ohren nach, und ich ließ mich davon überzeugen, dass die Lichter nicht die Augen der fürchterlichen Raubkatze waren, der Caith Sith.«

Nancy und David stellten die Fragen, mit denen auch

wir Oma in den Ohren gelegen hatten, als wir die Geschichte zum ersten, zweiten, dritten Mal gehört hatten. Hatte sie die Katze irgendwann noch mal gesehen? Ging es Katie Taylor gut? Waren sie die Jahre darauf trotzdem noch zur Party auf den Glen-Loin-Hof gegangen? Hatten sie nicht ganz doll Angst gehabt?

Großmutter gab knappe Antworten und lächelte gütig, wie es so ihre Art war. Bald unterband sie alle Fragerei, indem sie sich in ihrem Schaukelstuhl vorbeugte, in die Hände klatschte und rief: »So, jetzt wird es Zeit, dass ihr loskommt.«

Wir tranken unseren Kakao aus und die jüngeren Kinder sprangen aufgeregt die Treppe zum Dachboden hoch, wo die Kostümkiste stand. Etta und ich blieben unten, weil wir ja schon verkleidet waren. Am sorgenvollen Blick meiner Oma konnte ich ableiten, dass sie nicht ganz zufrieden mit dem war, was wir anhatten.

»Ihr werdet frieren. Das sind doch nur so dünne Fetzen. Zieht doch noch was von den alten Sachen drüber.«

»Dann sieht man das Kostüm doch nicht mehr«, beschwerte sich Etta. Unsere Kleider glitzerten lila und schwarz und der Rock hatte Tüll darunter, was wir besonders toll fanden. Aber der Stoff war dünn, eben wie es bei solch billigen Kostümen der Fall war.

Bevor meine Großmutter etwas entgegnen konnte, kam Nancy die Treppe heruntergepoltert. Sie hatte einen spitzen Hut in der Hand. »Ich will auch eine Hexe sein, wie Etta und Nellie.«

Der schwarze Rock, den sie trug, war einige Nummern zu groß für sie. Oma steckte geschwind den Saum mit Sicherheitsnadeln hoch. »So, damit du nicht fällst.«

Mittlerweile waren die Jungs auch wieder unten. Die beiden älteren hatten schon angefangen, sich das Gesicht schwarz zu schminken. Dann kamen die Zwillinge und

David dran. Aber Nancy weigerte sich. »Ich will so eine Hexe sein wie die anderen.«

»Ihr wollt euch das Gesicht nicht anmalen?«, fragte Oma überrascht.

»Wir haben doch unser Make-up drauf, dann sieht man nichts mehr«, antwortete Etta. Wir trugen schwarzen Kajal und schwarzen Lippenstift, eher Goth als Hexe, aber hey, wir waren vierzehn. Wir wollten keine falschen Warzen im Gesicht haben, wir wollten cool aussehen.

Nancy bettelte noch etwas und ich malte ihr schließlich die Lippen schwarz.

Großmutter musterte uns kritisch. »Hmm. Das sollte ausreichen. Aber wartet, lieber zur Sicherheit ...« Sie ging ins Schlafzimmer und drückte Etta, Nancy und mir jeder einen Quarzstein in die Hand. »Ein Talisman gegen das Böse.«

Etta und ich sahen uns an und rollten mit den Augen. Nancy hatte gar keine Tasche, in die sie den Stein hätte stecken können, und drückte ihn mir in die Hand, als wir aus dem Haus liefen. Ich hatte auch keine, aber draußen schnappten wir uns unsere speziell für den Anlass gebastelten Rucksäcke, also tat ich unsere Steine einfach da hinein, ohne noch einmal daran zu denken. Sammy und Rob zündete alle Kerzen in unseren Laternen an.

Dann zogen wir los. Die Zwillinge stießen sich gegenseitig übermütig an. Nancy und David hüpften, Etta und ich steckten wahrscheinlich die Köpfe zusammen und kicherten über irgendwas, wie wir es damals oft gemacht hatten. Zumindest in meiner Erinnerung.

Rob und Sammy blieben etwas zurück. Sie besaßen keine Laternen und hatten die Hände in die Jeanstaschen gesteckt, schlenderten betont cool den Weg entlang. Als wir in Arrochar angekommen waren, gingen wir wie gewohnt von Tür zu Tür, bei den Leuten, die wir kannten.

Als wir beim Fish&Chip Shop angekommen waren, wo

wir eigentlich normalerweise auf den Fußpfad abgebogen wären, der nach Tarbet führte, nahmen Rob und Sammy, die sich schon ihre Wegration Chips geholt hatten, mich und Etta zur Seite.

»Jedes Jahr machen wir das Gleiche«, sagte Rob zu uns. »Wir haben uns gedacht, es wäre mal Zeit für etwas Neues.«

»Ja«, stimmte Sammy zu. »Etwas richtig Gruseliges.«

Etta und ich sahen uns an. »Was denn?«, fragte meine Cousine.

»Oma erzählt doch immer, wie gruselig es war, wenn es stockdunkel war. Dass wir das nicht mehr kennen. Aber hier in der Gegend gibt es genug Orte, an denen es richtig dunkel sein wird«, meinte Sammy mit geheimnisvoller Stimme.

»Der Fußpfad ist gruselig genug für die Kleinen«, gab ich zu bedenken. »Der geht ja teils auch durch den Wald – und die Strecke ist lang genug zum Laufen. Dann müssen wir noch durch Tarbet ... Wisst ihr nicht, wie euch früher die Beine und Füße wehgetan haben? Wo soll dieser Abstecher denn hingehen? Ich weiß nicht, ob die Kleinen das schaffen und wenn wir zu spät zurückkommen, machen sich unsere Eltern Sorgen.«

»Aber so richtig dunkel ist es auf dem Weg auch nicht«, fiel mir Etta in den Rücken. »Man sieht ja die Lichter von der Straße.« Die A83, die Arrochar und Tarbet verband, verlief parallel zum Pfad.

Ich rollte mit den Augen. »Wo wollt ihr denn hin?«

Sammy und Rob schauten sich an. Die Abenteuerlust stand ihnen ins Gesicht geschrieben. »Omas Geschichte zu Ehren nach Glen Loin natürlich. Und dann gehen wir durch den Wald wieder direkt nach Tarbet. Mein Handy hat GPS, das heißt, wir können uns gar nicht verlaufen. Und dann ist es gar kein so großer Abstecher«, versuchte Rob mich zu überzeugen.

Ich überlegte. Rein theoretisch ergab das Sinn. Wir würden zwar nördlich, aus Arrochar heraus, am Loin Water entlanggehen, aber dann rechts in den Wald abbiegen. Von da aus mussten wir dann nur südlich Richtung Tarbet laufen. Ich glaubte, dass der Weg so etwa eine Stunde länger dauern würde als sonst. Wenn wir das Trick-or-Treating in Tarbet ausließen und gleich nach Hause gingen, würden unsere Eltern gar nichts davon merken ... höchstens an unserer geringeren Ausbeute an Süßigkeiten, aber da würde uns bestimmt eine Ausrede einfallen.

Etta sah mir an, dass mein Entschluss ins Wanken geriet. »Na komm, sag Ja«, rief sie und sprang auf und ab. »Endlich passiert mal was Aufregendes.«

»Das hat noch nie jemand vor uns gemacht«, stimmte Sammy zu und sagte dann, in einer schaurigen Stimme: »Vielleicht begegnen wir Geistern oder Feen ... oder gar Caith Sith.« Er sprang Etta an, so wie eine Raubkatze sich auf ihr Opfer stürzte, und Etta kreischte auf – weniger verängstigt als entzückt.

Die anderen kamen aus dem Chippy und wir erklärten ihnen, dass wir dieses Jahr einen etwas anderen Weg gehen würden. Ich konnte sofort sehen, dass David nicht sonderlich wohl dabei war. Am liebsten wäre ich ohne die jüngeren Kinder gegangen, aber wir konnten sie nicht allein zu Fuß nach Tarbet schicken. Außerdem hätten unsere Eltern dann davon erfahren.

Wir folgten Sammy und Rob, die zu wissen schienen, wo sie lang wollten. Wir waren damit beschäftigt, unsere Pommes und Sausage Rolls zu essen, während wir gleichzeitig unsere Laternen hielten, also trotteten wir, ohne groß achtzugeben, den älteren Jungs hinterher. Ich war zunächst auch nicht beunruhigt, denn auch der Cowal Way, ein breiter Fußpfad, der zu einem Fernwanderweg gehörte, verlief neben der Straße und an Häusern vorbei. Die Jungs wollten uns ins

Dunkle führen, aber sie konnten den Lichtern nicht entkommen. Es war genauso, wie es Oma gesagt hatte. Damals war dieser Weg zum Glen-Loin-Hof vielleicht ein dunkler, gefährlicher und gruseliger gewesen, heutzutage nicht mehr so sehr.

Als uns Rob und Sammy über eine Fußgängerbrücke führten, um von der rechten Seite des Flusses auf die linke zu gelangen, erhob ich Einspruch. »Ich dachte, wir biegen rechts in den Wald ein«, sagte ich. »Von da aus können wir Richtung Süden nach Hause. «

»Wir wollen ja zum Glen Loin«, meinte Rob und sie gingen einfach weiter. Mir blieb nichts anderes übrig, als hinterherzulaufen.

Glen Loin war ein abstrakter Begriff, denn alles Grüne um uns herum war Glen Loin, das Tal um das Loin Water. Der Glen-Loin-Hof, von dem Ma Winchester erzählte, gab es gar nicht mehr, oder zumindest nicht in dieser Form, und wir wussten nicht, was für ein Hof das sein sollte. Wenn wir in den dunklen Wald wollten, konnten wir doch genauso gut in den Teil des Argyll National Forest, der nördlich von Tarbet lag, statt weiter von Tarbet weg nach Succoth zu laufen.

Ich sagte das, ziemlich laut, sodass die anderen Kinder merkten, dass etwas nicht stimmte. »Wir haben ein anderes Ziel im Auge«, sagte Sammy.

»Ist alles okay, Nellie?«, fragte Nancy besorgt. »Wo gehen wir denn hin?«

»Glen Loin, wie in Omas Geschichte«, erklärte Etta.

»An einen dunklen, dunklen Ort«, fügte Rob mit schauriger Stimme hinzu.

Sammy lachte und die Zwillinge taten es ihm nach, obwohl sie gar nicht wussten, wieso. Sie ließen sich von den Faxen anstecken.

»Ich will nicht irgendwohin, wo es dunkel ist«, meinte David leise.

»Ja, was, wenn wir Caith Sith begegnen«, fürchtete sich Nancy.

»Caith Sith ist nur ein Fabelwesen. Es gibt sie nicht, versprochen«, sagte ich und musste wohl oder übel den anderen hinterherlaufen. Ich zog die Kleinen mit.

Wir waren mittlerweile an dem schmalen Pfad angelangt, den vielleicht auch schon meine Großmutter genommen hatte. Vielleicht war es sogar der Pfad, auf dem den Kindern angeblich Caith Sith begegnet war, dachte ich, und meine Arme überzogen sich mit Gänsehaut. Ich versuchte mir einzureden, dass mir lediglich kalt war. Denn ich musste zugeben, dass meine Großmutter recht gehabt hatte – trotz der Thermounterwäsche, die Etta und ich untergezogen hatten, waren die Kostüme zu dünn.

Die Jungs schienen zumindest zu glauben, dass wir uns auf Omas Pfad befanden, denn sie hielten an. Sie wollten es genauso machen wie damals und Grashalme ziehen, um zu bestimmen, wer als Letzte oder Letzter in der Reihe laufen sollte.

Hier war nun rechts und links vom Pfad Wald mit niedrigen Kiefern und dichten Farnpflanzen, aber er war licht genug, dass man noch hindurchschauen konnte. Auch bis hierhin drangen noch Lichter der umliegenden Höfe hindurch. Hinter uns war Succoth hell erleuchtet. Es war nicht so schlimm wie befürchtet. Und ich wollte einfach die ganze Sache hinter uns bringen, damit wir nach Hause gehen konnten. Also stimmte ich zu und wir zogen jeder einen Grashalm aus Robs Hand.

Es war Nancy, die den kürzesten zog. Ausgerechnet die Kleinste. *Wie in Omas Geschichte*, flüsterte eine dünne Stimme in meinem Kopf, aber ich versuchte sofort, sie zu verdrängen. »Ich laufe direkt vor dir, Nancy, halte dich einfach an mich. Pass auf, dass du nicht stolperst und sag sofort, wenn irgendwas ist, okay?«

Nancys Gesicht war angstverzerrt, aber sie nickte tapfer.

»Okay, dann mal los«, seufzte ich.

Der Pfad wurde enger, steiler und schlechter. Der Wald rings um uns herum wurde dichter und bald war es tatsächlich sehr dunkel. Ich hätte vielleicht Angst bekommen, aber der Himmel war klar, wir sahen die Sterne und den Mond, und es war auch überhaupt nicht windig wie in Omas Geschichte. Wir hatten schon mehrere Male die Teelichter in den Laternen ausgetauscht, aber die ausgehölten Rüben und Papierlaternen – wir hatten beides – waren noch in gutem Zustand. Trotzdem klopfte mein Herz wie wild und ich rief immer wieder Nancys Namen, drehte mich oft sogar um, um mich zu versichern, dass sie noch da war. David ging vor mir und ebenfalls sehr langsam, sodass wir nach und nach immer weiter hinter den anderen zurückfielen.

»Hey, wartet auf uns«, rief ich, als die älteren Jungs und Etta sich immer mehr entfernten. »Wo wollt ihr überhaupt hin?«

Die anderen blieben stehen und warteten darauf, dass wir zu ihnen aufschlossen. »Wollen wir nicht zurück?«, fragte ich, etwas außer Atem, als wir bei ihnen ankamen.

»Nein, wir gehen an einen wirklich dunklen, gruseligen Ort«, sagte Etta aufgeregt. Mir schwante Böses.

»Wo denn?«

»Die Höhlen. Da drin ist es garantiert so richtig dunkel«, schwärmte Sammy.

»Was? Ihr spinnt doch. Da können wir nicht hin. Das ist gefährlich, da reinzugehen. Außerdem sind die ganz versteckt. Da können wir ja die ganze Nacht suchen.«

»Wir haben die GPS-Koordinaten.« Rob fuchtelte mit seinem Handy in der Luft herum.

Da wusste ich auf einmal, dass die beiden Jungs das von Anfang an geplant hatten. »Ich finde, das ist keine gute

Idee. Es geht noch ewig, bis wir nach Tarbet zurückkommen. Das wird anstrengend genug für die Kleinen. Wir sollten zurück«, wiederholte ich mich.

»Dann kannst du ja mit Nancy und David zurückgehen. Wir gehen zu den Höhlen«, befand Sammy und ging einfach weiter. Rob folgte ihm und die Zwillinge sprangen aufgeregt hinterher, wahrscheinlich überglücklich, zu den Großen dazuzählen zu dürfen.

Skeptisch drehte ich mich zum dunklen Pfad um, der hinter uns lag. Alleine zurück traute ich mich auch nicht. »Etta, warte!«, rief ich. Ich fühlte mich ein wenig von meiner besten Freundin verraten.

Die blieb tatsächlich kurz stehen. »Hey, wartet auf Nellie und die anderen«, rief sie den Jungs zu. »Komm, Nellie, du willst doch keine Spielverderberin sein. Wir gehen alle zusammen. Wir trennen uns nicht, oder?«

Es war wahrscheinlich doch besser, wenn wir zusammenblieben. So machten das die Winchesters an Halloween und noch waren alle gemeinsam zurückgekommen.

Also gab ich mein Bestes, mit Nancy und David hinterherzukommen, aber trotzdem entfernten sich die anderen wieder. Als wir um eine steile Kurve gingen, sah ich nur noch das Licht ihrer Laternen. Ich bemühte mich, einfach diesen Lichtern zu folgen, als der Pfad immer schlechter wurde. Stechginster und schlickiger Farn machten das Fortkommen sehr schwierig, besonders für die Kleinen. Irgendwann konnte ich den Pfad überhaupt nicht mehr erkennen, aber die Jungs mit ihren Handys wussten ja anscheinend, wo wir hingingen.

Wir hatten Nancys und Davids Papierlaternen schon zurückgelassen, und nur noch meine dabei, weil die Kinder beide Hände brauchten, um sich beim Klettern festzuhalten. Die Kerze in meiner Steckrübe war schon fast abgebrannt. Schließlich wurde es mir zu bunt. »Wartet doch mal«, rief ich. »Müssten wir nicht längst bei den Höhlen sein? Wie weit ist es denn noch?«

Die Laternen der anderen bewegten sich nicht mehr, musste ich erleichtert feststellen. Aber als wir näher kamen, hatte ich das Gefühl, sie blinkten komisch. Und dann wurden sie auch nicht größer, sondern blieben kleine gelbe Punkte.

Außerdem sagten die anderen gar nichts. Erst war ich so mit den Kindern beschäftigt gewesen, dass es mir gar nicht auffiel. Aber dann bemerkte ich es, und es kam mir sonderbar vor. Die Zwillinge waren sonst immer laut.

Mir wurde ganz kalt, und ich war mir nicht sicher, ob es an den Temperaturen lag. Die Umrisse, die sich in der Dunkelheit schließlich abzeichneten, als wir uns den Lichtern näherten, waren nicht die Umrisse von Menschen.

Das waren nicht Etta und meine Cousins.

Mir blieb das Herz stehen.

Ich stellte mich mit ausgebreiteten Armen hin, so als ob ich die Kleinen damit beschützen könnte. Zumindest deutete ich Nancy und David damit an, hinter mir zu bleiben.

»Etta?«, rief ich zaghaft.

Keine Antwort.

Meine Stimme versagte fast, als ich die anderen anwies: »Bleibt hier stehen.«

Vorsichtig ging ich ein paar Schritte weiter den Pfad hoch, bis der Schein meiner Laterne näher an die Lichter herankam und ich die Umrisse besser ausmachen konnte.

Es waren tatsächlich keine Menschen.

Es waren Tiere.

Katzen. Riesige Katzen, so groß wie Kälber.

Das Licht meiner Laterne flackerte und ich erkannte schwarzes Fell und den unverwechselbaren weißen Fleck auf der Brust.

Das Blut in meinen Venen gefror zu Eis.

Caith Sith. Nicht nur eine, sondern mehrere davon. Sie standen vor uns auf dem Pfad. Nein, jetzt hatten sie uns umzingelt.

Die Kerze in meiner Laterne flackerte ein letztes Mal auf und dann erlosch die Flamme. Plötzlich war es stockdunkel. Nur die Lichtpunkte, die gelben Augen der Katzen, durchbrachen die Nacht.

Und dann hörte ich meine kleine Schwester schreien.

So plötzlich voll und ganz in die Dunkelheit getaucht zu sein, war desorientierend. Ich wollte nur noch so schnell wie möglich zu Nancy zurück, aber ich konnte in dem Moment gar nicht wirklich sagen, aus welcher Richtung der Schrei gekommen war. Ich drehte mich um mich selber, konnte mich jedoch nicht von der Stelle rühren, so bewusst war ich mir der Körper der Riesenbiester um uns herum.

»Nancy«, fand ich endlich meine Stimme. »Nancy, wo bist du?«

»Nellie?«, fiel mir gleich David ins Wort, als er mich hörte. »Nellie, wo bist du?«

»Hier. Hier, folge meiner Stimme«, rief ich in die Richtung aus der Davids Schluchzen kam. Er war ja nur wenige Meter von mir entfernt gewesen, also fand er mich gleich. Als er mich sah, warf er sich mir sogleich in die Arme.

»Wo ist Nancy, hast du Nancy gesehen?«, rief ich panisch.

Hektisch schaute ich mich um. Ich konnte meine kleine Schwester nirgends entdecken. Aber die gelben Punkte sah ich auch nicht mehr.

Die Caith Sith waren verschwunden. Und sie hatten meine Schwester mitgenommen. Ich wollte diese

Erkenntnis einfach nicht glauben. Ich packte David an der Hand und zog ihn mit mir im Kreis herum. »Nancy«, rief ich immer wieder. »Nancy!« Sie antwortete nicht.

Gemeinsam mit David stolperte ich über Steine und Ginsterbüsche. Gestein und Stacheln gruben sich in meine Haut, als ich mich mit den Händen auffing, aber das war mir egal. »Nancy!«

»Wir müssen ... sie finden ... Nein, so können wir sie nicht finden. Wir müssen Hilfe holen. Wo sind die anderen?« Ich sagte es mehr zu mir selber als zu David, der vor Furcht zitterte. Wenn es mir gelang, vernünftige Sätze herauszubringen, dann würde ich auch meinen Verstand dafür einsetzen können, einen logischen, praktischen Plan zu machen.

Ich konnte den Weg jetzt überhaupt nicht mehr finden, aber es ergab für mich Sinn, den Abhang herunterzugehen, da wir ihn vorhin hinaufgestiegen waren. Wir mussten wieder auf den ausgetretenen Pfad kommen.

Immer wieder stolperten und fielen wir. Ich zog David mit mir hoch und weiter, immer weiter. Die anderen mussten doch gemerkt haben, dass wir nicht mehr hinter ihnen waren, ging mir durch den Kopf. Sicherlich warteten sie auf dem Pfad auf uns. Warum konnten wir ihre Lichter nicht sehen? Waren ihre Laternen auch ausgegangen? Aber Rob hatte den Beutel mit Teelichtern. Sie mussten doch hier irgendwo sein. Es sei denn, sie waren auch ...

Ich hatte den Gedanken noch nicht zu Ende gedacht, als David hinter mir laut japste. Ich drehte mich ungern um, weil ich weiter wollte, aber ich hatte ihn nicht mehr an der Hand. Seine Finger mussten meinen entglitten sein, ohne dass ich es bemerkt hatte.

»David? Was ist los?«

Hinter mir war niemand.

»David?«

Jetzt kamen auch mir die Tränen. Mein Atem ging keuchend. »D...David?« Meine Stimme war kaum mehr ein Hauch. Ich hatte noch nie so viel Angst gehabt, wie in dem Moment, in dem ich mutterseelenallein mitten im Nirgendwo in den schottischen Highlands stand. In pechschwarzer Nacht. An Halloween. Dem Halloween, an dem ich herausfinden sollte, dass die Kreaturen, die an diesem Fest herumirren sollten, keine Fabelwesen waren. Es gab sie wirklich. Sie stellten eine echte Gefahr da, und die Leute früher hatten gewusst, was sie taten, als sie sich vor ihnen beschützten.

Gerade hatten sie meine Schwester geholt. Jetzt auch noch David? Und war ich als Nächstes dran? Wie konnte ich mich nur gegen sie wehren? Meine Situation schien ausweglos.

Da hörte ich Davids dünne Stimme. »Ich bin hier unten.« Sie kam tatsächlich von unterhalb der Stelle, an der ich mich befand.

Für einen Moment hatte ich das Gefühl, dass mein Albtraum sich in einen surrealen Traum verwandelte, der keinen Sinn ergab, und fast wäre ich erleichtert gewesen.

Es war nur ein Traum. Gleich würde ich aufwachen und ...

»Nellie, ich bin gestürzt. Ich bin hier unten. Ich habe mir, glaube ich, das Bein ganz doll wehgetan.«

Verwirrt ging ich auf die Knie und tastete auf dem Boden herum. Vor mir waren Steine und Gras und dann ein Ginsterbusch. Der Boden war schlickig und matschig und meine Hand rutschte aus. In ein Loch. Ein großes Loch.

»David? Bist du da drin?«, rief ich vorsichtig hinein.

»Ja. Es ist ... eine Höhle, glaube ich. Es ist ganz finster, ich kann nichts sehen. Mit Steinboden. Ich hab mir wehgetan, als ich darauf fiel.«

Ich tastete um das Loch herum und musste dabei das

stachlige Gebüsch zur Seite schieben. Die Öffnung war groß genug, dass ich durchpassen würde. Aber wie würden wir denn dann beide wieder herauskommen? Ich musste David irgendwie da herausziehen.

»Warte. Kannst du aufstehen?«

Ich hörte, wie David es versuchte. Dann steckte ich die Hand in das Loch. »Streck mal den Arm aus. Ich will sehen, wie tief das Loch ist. Vielleicht kannst du meine Hand greifen.«

»Okay.« Ich ruderte mit der Hand in dem Loch herum, aber ich bekam nichts zu greifen.

»Nein«, sagte David schließlich. »Es muss tief sein.«

»Ich schaue mal, ob ich was habe. Einen Riemen oder so.«

Ich nahm den Rucksack ab. Doch ich hatte vorher schon gewusst, dass sich darin nur Süßigkeiten befanden. Ich kramte trotzdem darin herum. Die zwei Quarzsteine fielen mir in die Hände, die meine Großmutter mir gegeben hatte. Mir, Nancy und Etta. Weil wir uns nicht genug maskiert hatten, sollen sie als Schutzzauber dienen. Vorhin, was mir jetzt wie eine Ewigkeit her vorkam, hatten wir darüber gelacht. Jetzt kam mir der Gedanke, dass Nancy geschnappt worden war, weil sie mir den Stein gegeben hatte.

»Nellie?«, rief David von unten.

»Ich kann mal versuchen, den Rucksack hinzuhalten, mit den Riemen. Wenn du die zu fassen bekommst ...«

Der Rucksack, den ich über das Loch gehalten hatte, rutschte mir aus den Fingern, als ich mir der Präsenz von gelben Augen um mich herum bewusst wurde.

Mir stockte der Atem und ich schaute mich hektisch um. Sie hatten mich umzingelt und kamen immer näher.

»Au. Was ist denn los?«, fragte David, als ihm der Rucksack wahrscheinlich auf den Kopf fiel.

»K ... k ... kannst du ertasten, wie groß die Höhle ist«, fragte ich so gefasst wie möglich.

»Ich kann schlecht auftreten. Mein Fuß ...«

»Tu es trotzdem«, schnitt ich ihm das Wort ab.

Die gelben Lichtpunkte kamen immer näher und jetzt konnte ich die starken Körper der Biester regelrecht spüren, wenn auch nicht sehen.

»Ich weiß nicht, wie groß sie ist, aber hier geht eine Einbuchtung weiter, aus der Höhle heraus. Ein schmaler Tunnel, glaube ich.«

Ich dachte blitzschnell nach. Ich hatte schon Schulausflüge zu den Höhlen gemacht − nicht dieser Höhle hier natürlich, die versteckt lag, aber anderen, offenen Höhlen, die man wahrscheinlich über die Koordinaten fand, die Rob und Sammy auf ihren Handys gespeichert hatten. Daher wusste ich, dass diese Glen Loin Caves ein unerforschtes Höhlensystem waren. Diese Höhle unter uns war vielleicht ein Ausläufer. Vielleicht führte sie zu den anderen Höhlen, bei denen die anderen hoffentlich waren.

Vielleicht auch nicht. Vielleicht führte der kleine Tunnel nur in eine andere Höhle oder war eine völlige Sackgasse.

Aber gerade jetzt waren die Höhle und die Hoffnung, dass sie irgendwo hinführte, mein einziger Ausweg. Ich hatte nichts, mit dem ich mich gegen die Caith Sith wehren konnte. Selbst der Rucksack mit den Steinen lag unten in der Höhle.

Eine Wolke, die sich über den Mond geschoben hatte, löste sich auf. Da sah ich sie im Mondlicht. Vier riesige Katzen, die mit grazilen, geschmeidigen Bewegungen langsam aus allen Himmelsrichtungen auf mich zukamen. Sie schienen keine Eile zu haben, weil ich ihrer Meinung nach schließlich in der Falle saß. Ihre gemeinen, schräg stehenden gelben Augen ließen nicht von mir ab und ihre

Gesichter waren leicht entstellt, sodass sie immer noch Katzen glichen, aber nicht ganz ... richtig aussahen. Die Nasen waren spitzer, die Wangen eingefallen. Die Zähne leicht vorgestellt, als ob ihr Gebiss zu groß für ihr Maul war. Es waren Fratzenversionen von Katzengesichtern. Fratzen, die später meine Albträume beherrschen würden.

Sie strahlten so viel Böses aus, dass sie mir dunkler als die Dunkelheit vorkamen. In einem kurzen, klaren Moment der Erkenntnis verstand ich Ma Winchesters Geschichte völlig.

Doch ich hielt mich damit nicht auf. Dafür hatte ich keine Zeit. Kurz entschlossen steckte ich die Beine in das Loch und ließ mich in die Höhle fallen.

»Achtung!«, rief ich noch, um David zu warnen, aber der stand mir nicht im Weg, war vielleicht noch beim Tunneleingang.

Stattdessen landete ich auf dem Rucksack. Schnell schnallte ich ihn mir um. »Sie haben uns gefunden«, sagte ich. »Die Caith Sith. Wir müssen weiter. Geh du in den Tunnel voraus, ich bin direkt hinter dir. Es ist unsere einzige Chance, ihnen zu entkommen.«

Mit diesen Worten hatte ich mich an der Höhlenwand entlanggetastet, bis ich David zu packen bekam.

Er zuckte zusammen. »Ich bin's«, sagte ich unnötigerweise. »Na los.«

David sagte nichts mehr. Er schluchzte nicht, weinte nicht mal mehr. Er gab keinen Ton von sich.

»Komm schon«, drängte ich und mein kleiner Cousin löste sich aus seiner Starre. Der verängstigte kleine David fand Mut, in dem Moment, in dem er ihn am meisten brauchte. Flink kletterte er trotz seines verletzten Beins in den Tunnel und ich folgte ihm. Ich schaute nicht zurück, ob die Caith Sith uns ins die Höhle gefolgt waren.

Ich konzentrierte mich ganz auf die Flucht nach vorne.

David auch. Wir kamen tatsächlich durch den Tunnel in eine weitere, kleine Höhle, tasteten uns vorwärts, durch einen anderen Durchgang, und immer weiter. Zweimal landeten wir in einer Sackgasse und wagten uns klopfenden Herzens wieder zurück. Ich betete im Stillen, dass wir im Dunkeln und ohne jede Orientierung nicht direkt wieder in die Höhle kamen, über der die Caith Sith auf uns warteten.

Aber das Schicksal schien uns hold. Irgendwie kamen wir voran. Wir redeten nicht einmal dabei. Es herrschte eine totale Dunkelheit in diesen Höhlen. Eine Dunkelheit so schwarz wie die Furcht in unseren Herzen.

Hier hätten Rob und Sammy tatsächlich das gefunden, was sie gesucht hatten. Hatten sie es? Wo waren die anderen? Würden wir sie finden? Würden wir je wieder aus diesem unterirdischen Labyrinth herausfinden?

Als wir schließlich in eine Höhle mit einem Ausgang kamen, bemerkte ich es sofort, als ich die Höhle betrat. Das Loch, das nach draußen führte, war schmal, aber nach der totalen Finsternis schien das Mondlicht, das durch die Öffnung drang, so hell wie ein Leuchtfeuer. Ich packte David an der Schulter und zog ihn zurück in den Tunnel, durch den wir gekommen waren.

»Da vorne ist ein Ausgang«, flüsterte ich.

»Ich will nach Hause.« Jetzt weinte David wieder leise vor sich hin.

»Ich weiß. Aber ich glaube, hier drin sind wir vielleicht am sichersten. Die Caith Sith scheinen uns nicht gefolgt zu sein und vielleicht finden sie uns nicht. Hier.« Ich wühlte im Rucksack herum und drückte David einen Quarzstein in die Hand. »Ich glaube, das ist ein Schutzzauber gegen sie, nimm ihn lieber. Wenn der Tag anbricht, sind wir sicher. Dann sind die Kreaturen der Nacht wieder dort, wo sie hingehören.«

»Und wenn wir unsere Eltern anrufen, sagen, wo wir sind?«

Ich hatte natürlich auch schon darüber nachgedacht. »Wir wollen niemanden sonst in Gefahr bringen.« Für David waren alle Erwachsenen wahrscheinlich unverwundbar, aber ich wusste, dass die Caith Sith nicht vor ihnen Halt machen würden. Trotzdem zog ich mein Handy aus dem Rucksack. Vielleicht konnten wir wenigstens die anderen erreichen, sicherstellen, dass es ihnen gut ging? »Mist. Meine Batterie ist alle. Ich denke, wir verstecken uns tatsächlich besser hier, bis zum Morgen.«

David fügte sich schnell und ich war froh. Denn ich hätte mich zu gerne dazu überreden lassen, nach Hause zu laufen. Ich wollte nur wieder daheim, bei meinen Eltern sein. Aber dort draußen konnten die Caith Sith uns jagen wie Freiwild.

Selbstverständlich ging mir in den folgenden Stunden, die sich wie eine Ewigkeit hinzogen, öfter der Gedanke durch den Kopf, dass die Caith Sith vielleicht in diesen Höhlen lebten. Dass wir hier in ihrem Revier waren. Vielleicht waren diese Höhlen ja sogar der Eingang zur Hölle? Immer fantastischer wurden meine Vermutungen, bis ich irgendwann dachte, ich würde den Verstand verlieren. Die reale Existenz der Fabelkatzen hatte die Büchse der Pandora geöffnet. Wenn es sie tatsächlich gab, wen gab es noch?

David und ich stopften uns mit den Halloween-Süßigkeiten voll, damit wir nicht einschliefen, und umklammerten jeder unseren Quarz, als sei er ein Rettungsring im Meer der unendlichen Dunkelheit.

Mir war so kalt war wie noch nie in meinem Leben. Und der Morgen wollte einfach nicht kommen.

Als er dann doch kam, als endlich die ersten pinkfarbenen Sonnenstrahlen durch die Öffnung in die Höhle traten, hätte ich einen Jubelschrei ausstoßen können. Wir warteten sicherheitshalber doch noch ein bisschen, bis es tatsächlich hell war. Dann krochen wir aus dem Tunnel.

Meine Glieder waren so steif, dass ich mich erst gar nicht richtig bewegen konnte. David war schon beim Ausgang, als ich herangehumpelt kam.

»Meinst du wirklich, es ist sicher?«, fragte er zögerlich.

Ich zuckte nur mit den Schultern. »Ich glaube schon, komm.«

Ich stieg aus dem Loch, schaute mich im taunassen Wald um und zog dann David heraus. Das Tageslicht war einfach Balsam für meine Seele und auch David schien gleich wieder hoffnungsvoller, als wir uns unseren Weg durch den Wald bahnten.

Es sollte uns nicht lange vergönnt sein, uns besser zu fühlen.

Ich half David gerade über einen Stein, als ich ein lila-schwarz gemustertes Stück Stoff zwischen den Bäumen aufblitzen sah.

»Etta!« Ich ließ David los und rannte dorthin.

Dann blieb ich mit einem Mal so urplötzlich stehen, als ob ich gegen eine unsichtbare Wand gelaufen war.

Meine Hand ging automatisch zu meinem Mund, aber den Würgereiz konnte ich nicht unterdrücken. Ich beugte mich vor und übergab mich neben meine beste Freundin. Oder das, was von ihr übrig geblieben war.

Im lila-schwarz gemusterten Stoff steckte Ettas Torso. Aber nur ihr Torso. Der Rest ihrer Gliedmaßen lag weiter vorne verstreut herum. Wo ihr Kopf war, wollte ich gar nicht wissen, und ich schaute mich auch nicht danach um.

Irgendwie erwartet man bei einer Leiche, dass leuchtend rotes Blut einen warnte, näher zu kommen. Aber Blut war schon nach einer kurzen Weile nicht mehr rot, und schon gar nicht leuchtend. Es war braun. So braun wie der Waldboden mit den verrotteten Blättern und Kiefernnadeln, auf dem Etta lag.

»Was ist denn?«, hörte ich David hinter mir sagen und ich wollte mich umdrehen, um ihn zu warnen, zurückzubleiben. Ihm sollte der Anblick erspart bleiben. Aber ich schaffte es nicht und war zu spät.

Ich hörte ihn hinter mir zusammensacken und zu Boden gleiten.

Ich stolperte um Ettas Überbleibsel herum. Etwas weiter weg fand ich die Jungs, deren dunkle Klamotten nicht ganz so auffällig waren. Ihre Leichen waren im selben Zustand wie Ettas.

Die Torsos der Zwillinge lagen zusammen, die Arme ineinander verschlungen, so als hätten sie sich im Tod aneinandergeklammert.

Als ich die Leichenteile dort verstreut liegen sah, konnte ich das Bild nicht aus meinem Kopf bekommen, wie die Caith Sith Etta und meine Cousins mit ihren riesigen Mäulern packten und ihnen mühelos mit einer einzigen ruckartigen Bewegung die Glieder vom Körper rissen.

Fieberhaft suchte ich die Umgebung nach der letzten Person ab, die noch fehlte. Meine kleine Schwester. Ich fand nirgends auch nur einen winzigen Teil von ihr.

Wo war Nancy?

Ich rief den Namen meiner kleinen Schwester, bis ich heiser war, aber sie tauchte nicht auf.

David war immer noch an derselben Stelle, an der er zusammengebrochen war. Er kniete auf dem Waldboden, das Gesicht so weiß wie Kreide, die Augen glasig und der Mund offen, wie eingefroren zu einem O.

Kein Laut kam über seine Lippen.

Es würde Jahre dauern, bis David wieder sprach. Einige Klinikaufenthalte und viele Therapiestunden würden nötig sein, bis David wieder gesund wurde. Er war immer noch nicht ganz »normal.« Ein Geist von einem jungen Mann. So als ob ein Teil von ihm gestorben war, an diesem 1. Novembermorgen im Glen-Loin-Wald.

Einer der Jungs – Rob? Oder Sammy? Ich konnte es nicht sagen, so zermalmt waren ihre Körper – hatte noch den Rucksack auf dem Rücken. Vorsichtig und mit zittrigen Händen zog ich den Reißverschluss auf und griff hinein. Ich hatte Glück, als ich nach mehreren Versuchen ein Handy zu fassen bekam. Ich weiß nicht, ob ich es hinbekommen hätte, in den Hosentaschen danach zu suchen – wenn ich in den zerfetzten, blutverschmierten Hosen überhaupt Taschen gefunden hätte.

Ich hatte noch mehr Glück, dass das Handy noch aufgeladen war. Die PIN-Nummer kannte ich natürlich nicht, aber den Notruf konnte ich wählen.

Mit zittrigen Fingern drückte ich aufs Display. Meine Stimme musste leise und monoton geklungen haben, denn die Frau am anderen Ende fragte mehrmals nach, ob sie richtig verstanden hatte.

Nachdem ich wieder aufgelegt hatte, ließ ich das Handy fallen und ging zu David zurück. Ich berührte ihn nicht, aber setzte mich neben ihn.

Ich konnte nicht sagen, wie lange unsere Totenwache dauerte, aber ich weiß noch, dass ich die ganze Zeit über betete, dass Nancy unversehrt auftauchen würde. Oder dass sie womöglich schon daheim war.

Irgendwann kamen die Polizei und dann auch unsere Eltern. Da hatte man den »Tatort« schon abgesperrt und angefangen, uns zu vernehmen, aber meine Eltern und Onkel und Tanten mussten trotzdem mehr gesehen haben, als sie sollten, denn ich hörte mehrere Personen hysterisch schreien und heulen.

Viel bekamen die Polizisten aus mir und David an diesem Tag nicht heraus. Als ich hörte, dass meine kleine Schwester immer noch vermisst wurde, schaltete sich mein

Hirn irgendwie ab. Es hatte zu viel mitgemacht in den letzten Stunden und es beschützte sich selber, indem es sich auf Stand-by-Modus schaltete.

Ich weiß noch, dass wir etwas von wilden Tieren, vielleicht sogar Wildkatzen erzählt hatten. Die Verletzungen würden das bestätigen, obwohl kein Experte der Polizei sagen konnte, was für große Tiere es wirklich hätten sein können, die ein solches blutiges Unheil angerichtet hatten.

Ich wartete vergeblich darauf, dass meine Schwester auftauchen würde. Suchtrupps durchkämmten in den darauffolgenden Tagen den Argyll National Forest, aber sie wurde nie gefunden.

Nancy verschwand spurlos in dieser Halloween-Nacht.

Irgendwann später – waren es Wochen? Monate? –, als ich mich stark genug dazu fühlte, ging ich zu Mrs MacDonalds Haus und klopfte an ihre Tür.

Die alte Frau schien nicht überrascht über meinen Besuch und bat mich in ihre Küche. Eine Kanne Tee mit zwei Tassen wartete schon auf dem Küchentisch auf uns. Ich hinterfragte das nicht. Vielleicht hatte sie auch jemand anderen erwartet. Es war mir auch egal. Damals war mir so ziemlich alles egal.

Ich erzählte ihr von der Halloween-Geschichte meiner Großmutter und was mir und meinen Cousins und Cousinen passiert war.

»Damals, als Caith Sith im Beisein meiner Großmutter aufgetaucht war, haben Sie sie Miranda Carson genannt. Wenn die Legende wahr ist, dann war Miranda eine Hexe, stimmt's? Eine Hexe, die sich in eine Katze verwandeln konnte, neunmal, bis sie für immer Caith Sith blieb.«

Mrs MacDonald, eine alte, hässliche Frau mit wirren dunklen Haaren, Warzen im Gesicht und einem Überbiss – ja, das Klischee einer Hexe – nickte zögerlich. Sie musste in meinen Augen gesehen haben, dass es mir um etwas anderes ging als darum, die Hexen zu outen, als darum, damit zurechtzukommen, dass diese alten Fantasie-geschichten Realität waren, sondern dass mir etwas anderes wichtig war.

»Wer waren die anderen Caith Sith, an diesem Halloween? Es waren mindestens vier, wenn nicht mehr.«

Mrs MacDonald schluckte. »Das waren Mirandas Töchter und Enkeltöchter. Sie litten unter dem gleichen ... Problem wie Miranda ... und auch bei ihnen konnten wir nicht rechtzeitig ... einschreiten. Trotzdem dachten wir, dass sie ihre ... Triebe unter Kontrolle hatten. Das ist bislang noch nicht passiert, außer damals, in den 30er-Jahren, aber in einer Halloweennacht herrschen besondere Umstände.«

Es fiel der alten Frau augenscheinlich nicht leicht, mit mir darüber zu sprechen. Sie tastete sich vorsichtig heran, an das, was ich von ihr wollte, das, was sie mir geben konnte. Ich glaube, sie sprach so zögerlich, weil sie sich gleichzeitig das Hirn zermarterte darüber, was das sein konnte.

»Caith Sith ernähren sich von Seelen?«

Mrs MacDonald nickte.

»Glauben Sie, dass sie die Seelen meiner Cousins und Cousinen ... gegessen haben?«

Wieder ein Nicken. Sie dachte nach und fügte dann hinzu: »Wie gesagt, wir dachten, sie hätten ihre Triebe unter Kontrolle, würden sich nur von den Seelen derer ernähren, die schon tot sind. In diesem Fall haben sie die Kinder wohl getötet, um so an ihre Seelen zu kommen.«

»Was ist dann mit meiner kleinen Schwester passiert? Haben sie ihre Seele auch? Wo ist ihr Körper?« Meine Stimme klang heiser, meine Augen wurden feucht. Ich blinzelte. Ich wollte nicht weinen. Wenn ich einmal anfing, dann konnte ich nicht wieder aufhören.

Schnell nahm ich einen Schluck Tee. Er war heiß und angenehm bitter.

»Ich weiß es nicht. Hast du ... weißt du, was ich bin? Was ich kann?« Mrs MacDonald schaute mich forschend an.

Ich nickte. »Eine Hexe. Was können Sie?«

»Ich bin eine Seherin. Als ich davon gehört habe, was passiert ist, habe ich versucht, die Zukunft deiner Schwester zu finden.« Sie schluckte wieder. »Es gab keine.«

»Also ist sie tot.« Das war keine Frage, sondern eine Feststellung. Natürlich hatte ich mich am letzten Funken Hoffnung festgehalten. Aber in meinem Herzen, in dem eine solche Dunkelheit herrschte wie in den Glen Loin Caves, hatte ich es gewusst.

Mrs MacDonalds Antwort überraschte mich. »Ja und nein. Sie ist nicht tot. Ich sehe sie einfach nicht mehr.«

Ich runzelte verwirrt die Stirn. »Was soll das heißen?«

»Es gibt in den Wäldern noch andere Kreaturen als die Caith Sith, besonders an Halloween. Die Caith Sith sind gefährlich, sie sind stark, aber sie sind nicht ... mächtig, wenn du weißt, was ich meine? Es gibt viel mächtigere magische Kreaturen. Vielleicht hat eine von ihnen deine Schwester aus den Klauen der Caith Sith gerettet ... und mitgenommen.«

»Mitgenommen, wohin?« Meine Stimme klang scharf.

»Dorthin, wo die Kreaturen weilen, wenn der Schleier zwischen der Welt der Lebenden und der der Toten nicht so durchlässig ist.«

Natürlich hatte ich schon davon gehört, dass Feen Menschen mit in ihre Welt nahmen. Schottland war voll von solchen Geschichten. Aber ich war mir nicht sicher, ob Mrs MacDonald das meinte. Ich fragte nach.

Sie wiegte den Kopf hin und her. »Feen, Geister, Untote, Götter ... es kann jeder gewesen sein. Nancy ist nicht mehr ... in unserer Welt, sie ist auf einer anderen ... Ebene.«

Ich überlegte, bevor ich die nächste Frage stellte, und

als ich sie aussprach, wusste ich, dass sie der Grund war, warum ich zu Mrs MacDonald gekommen war. Und sie sah es auch.

»Leidet sie dort?«

»Ich würde dir gerne Gutes tun und dir sagen, dass sie glücklich ist, wo sie ist«, antwortete Mrs MacDonald. »Aber dann müsste ich lügen. Die Wahrheit ist, dass ich es nicht sehen kann. Der Blick aus meinem dritten Auge dringt nicht bis in andere Ebenen der Existenz.«

»Gibt es jemanden, der es mir sagen könnte?«

»Vielleicht. Wenn ich etwas erfahre, dann sage ich es dir.«

Ich nickte traurig und stand auf.

»Die Caith Sith?«, fiel mir noch ein.

»Wir werden uns darum kümmern, dass sie nie wieder jemanden etwas zuleide tun.« Ihre Stimme klang dunkel und gefährlich. Ich hatte eine ungefähre Ahnung, was das bedeuten würde, aber ich fragte nicht nach, und ich spürte nicht ein winziges Stückchen Mitleid. Ich verschwendete keinen Gedanken an die Carson-Frauen oder zumindest die, die sie mal gewesen waren. Wenn man genau darüber nachdachte, dann konnte ihr Schicksal einem leidtun, aber mir taten sie nicht leid. In dem Moment wünschte ich ihnen, dass sie so leiden würden wie Etta, wie Rob und Sammy, wie Kenny und Roddy.

Ich glaube, dass Mrs MacDonald ihr Versprechen gehalten hat, denn in Tarbet, Arrochar und Umgebung gab es nie wieder auch nur den Ansatz eines Gerüchtes, das darauf hinwies, dass die Caith Sith durch die Wälder streunten.

Halloween verbrachte ich seitdem nur noch in einem Haus, in dem in jedem Zimmer die Lichter hell brannten.

Nie wieder zogen Winchester-Kinder zusammen an Halloween los. Und Ma Winchester hatte am besagten Abend ihre Geschichte zum allerletzten Mal erzählt, denn sie starb kurz darauf an einem plötzlichen Schlaganfall. Ich hatte sie nicht einmal mehr gesprochen seitdem, so gefangen in unserer eigenen Trauer waren wir alle. Im Nachhinein verstand ich, dass sie sich die Schuld an allem gegeben haben musste und ich fragte mich, ob es die Schuld war, die sie tatsächlich umgebracht hatte.

Meine Schwester ist nie wieder aufgetaucht. Und ich habe auch nie erfahren, was mit ihr passiert war.

Sobald ich mit der Schule fertig war, zog ich aus Tarbet fort, weit weg von irgendwelchen Wäldern, in die Stadt. Betondschungel und Elektrizität, ewiges Licht, überall.

Man würde meinen, dass ich Angst vor der Dunkelheit hatte, aber dem war nicht so. Ich fühlte mich einfach wohler in der aufgeklärten Moderne, weit weg von den archaischen Kreaturen meiner Vorfahren. Ich fühlte mich wohler im gleißenden, menschengemachten Licht.

Aber manchmal, da suchte ich die Dunkelheit. Dann fuhr ich aus der Stadt heraus, irgendwo aufs Land, weit weg von der Zivilisation. Dort, wo dichte Baumkronen auch das Mondlicht und die Sterne nicht durchließen.

Ich kam immer gut vorbereitet, mit einem vollgepackten Wanderrucksack und mehreren Taschenlampen. Und mit allen Schutzzaubern, die ich finden konnte.

Irgendwo, wo es ganz dunkel und ganz still war, da setzte ich mich hin und machte alle Lampen aus, die ich bei mir trug.

Denn in der pechschwarzen Nacht, in der tiefen Dunkelheit, ja, in der Umkehrung von Licht, konnte ich manchmal, für einen kurzen Moment, meine Schwester Nancy nahe bei mir spüren.

Wie ein kalter Schatten, der über mein Herz fiel.

Ich brauchte das, denn paradoxerweise fühlte ich mich nur in diesen Momenten wieder so lebendig, so ganz, so menschlich wie die vierzehnjährige Nellie vor dem besagten Halloween-Abend.

Und wenn ich dort so saß, in der totalen Dunkelheit, und auf diesen Moment wartete, nach ihm hungerte, ihn brauchte, überkam mich immer der leise Verdacht, dass die Caith Sith mir in dieser Nacht nicht nur meine Schwester, meine beste Freundin und meine Cousins genommen hatten.

Sie hatten auch einen Teil meiner Seele gestohlen.

2

TEUFLISCH KALT

Abbey Fine zog die Strickjacke enger um sich und beschleunigte ihre Schritte. Sie hatte nicht damit gerechnet, dass es Ende Oktober in den schottischen Highlands schon so kalt sein würde. Die Pflanzen am Uferweg waren mit dickem Raureif bedeckt und Nebelschwaden hingen über dem Loch Lomond. Die feuchte, kalte, klamme Luft tat ihr in den Lungen weh und sie wurde schmerzhaft daran erinnert, dass zwei angeknackste Rippen erst vor Kurzem wieder geheilt waren.

Nichtsdestotrotz tat ihr diese Umgebung augenblicklich um einiges besser als die Großstadtluft. Ihr Chef hatte recht gehabt: Sie brauchte unbedingt eine Auszeit.

Seitdem sie vor etwas über zwei Jahren in der *Christopher-Harris-Privatdetektei* angefangen, erst das Londoner Büro geleitet und sich dann ziemlich schnell auf die Ermittlungen von übersinnlichen Phänomenen spezialisiert hatte, nahm der Job sie immer mehr ein.

Es gefiel Abbey. Sie hatte sich lange genug unter Beweis stellen müssen. Als hübsche junge Frau war sie in der Macho-Welt der Privatdetektive nicht immer für voll genommen worden. Erst mit einem Fall, der sie hierher, nach Tarbet brachte, hatte sich das Blatt gewendet.

Sie hatte sozusagen ihre Nische gefunden. Denn in Tarbet war sie mit einer Welt konfrontiert worden, die sie bis dato für fiktiv gehalten hatte. Menschen mit übernatürlichen Gaben, so erfuhr sie durch ihre Begegnung mit dem am Loch Lomond ansässigen Hexenbund, existierten tatsächlich. Feen waren mehr als Märchengestalten, und Geister gab es ebenso. Die Oberhexe Mary MacDonald, mittlerweile gestorben, war sogar eine Zeitwandlerin gewesen – und sie, Abbey, hatte als Allererste ihr Geheimnis aufgedeckt.

Abbey hatte die neue fantastische Welt der Hexen in den Highlands schon überwältigend gefunden. Aber die dunkle Londoner paranormale Untergrundwelt war noch mal eine Nummer für sich. Beängstigender und noch okkulter, aber, wie Abbey sich eingestehen musste, auch faszinierender und aufregender. Wie ein dunkler Strudel, dem man nicht mehr entkommen konnte, hatte er einen erst einmal erfasst. Abbey war praktisch zu einem Nachtmenschen mutiert und hatte dementsprechend kaum ein Leben außerhalb der Arbeit. Ihr einziges Hobby, wenn man das überhaupt so nennen konnte, war Kampfsport. Abbey war immer schon sportlich gewesen, aber die körperlichen Herausforderungen ihres neuen Jobs ließen ihr keine große Wahl: Fitness war oberste Priorität, wenn sie überleben wollte.

Früher groß und sehr schlank, hatte sie jetzt einiges an Muskeln zugelegt. Zur Bestürzung ihrer Mutter, die einmal ein sehr erfolgreiches Model gewesen war und sich immer eine ähnliche Karriere für ihre Tochter gewünscht hatte. Als sich Abbey auch noch die langen schwarzen Locken zu einem kurzen Bob hatte schneiden lassen – zu oft war sie bei einem Kampf an den Haaren gepackt worden – hatte ihre Mutter wohl den Traum für ihre

Tochter aufgegeben. Und danach lange nicht mehr mit ihr geredet.

Trotz der körperlichen Strapazen ging Abbey in ihrem Job auf. Er fühlte sich an wie ihre Berufung. Und Chris, ihr Chef, hatte bislang auch nichts dagegen gehabt, dass sie sich mit Leib und Seele ihrem Job verschrieb. Erst nachdem sie all ihr persönliches Vermögen dafür aufgeopfert hatte, sich an illegalen Glücksspielen zu beteiligen, hatte Chris die Notbremse ziehen müssen.

Oh, den Auftrag hatte Abbey erfolgreich abgeschlossen. Sie war schließlich in ein exklusives, von einem Vampirclan betriebenes Casino eingeladen worden. Wo sie dann eigenhändig alle Oberhäupter des Clans ins ewige Jenseits befördert hatte. Nur weigerten sich die Auftraggeber – die Eltern eines jungen Mannes, der zum Vampir gemacht worden, aber nicht mehr zu retten gewesen war – die Rechnung zu begleichen. Und Abbey war nach einem mehrwöchigen Krankenhausaufenthalt nicht nur pleite, sondern auch obdachlos gewesen, weil sie ihre Miete nicht mehr hatte zahlen können.

Ihr Chef hatte sie daraufhin zu einem langen Urlaub verdonnert. Mittellos wie sie war, hatte Abbey zähneknirschend das Angebot angenommen, bei Chris' Freundin Penny zu wohnen. Penny, eine hübsche blonde Kräuterhexe, hatte ein großes Cottage und die Neigung, Streuner bei sich aufzunehmen.

Und das war sie wohl jetzt, dachte Abbey während ihres Powerwalks am Ufer des Loch Lomonds. Eine obdachlose, mittellose Streunerin. Aber sie würde wieder auf die Beine kommen. Sie musste einfach lernen, ihren Job gut zu erledigen und auf sich selber zu achten. Abbey seufzte und verlangsamte ihre Schritte. Ihr Blick fiel auf eine malerische Sandbucht und ihre Füße trugen sie wie automatisch dorthin. Äste und Blätter knirschten unter ihren Sportschuhen.

Die Gipfel der Berge am gegenüberliegenden Ufer waren schneebedeckt. Die vor Kurzem aufgegangene Sonne wirkte wie eine gelbe Scheibe hinter Milchglas. Der See lag ganz still und ruhig da.

Die malerische und lebhafte Szenerie der Highlands im Frühling oder Sommer gefiel Abbey, aber diese kühle, starre Schönheit des fast schon winterlich anmutenden Loch Lomonds sagte ihr noch mehr zu.

Ein lautes Geräusch durchbrach die Stille und Abbey zuckte zusammen.

Ein paar Meter vor ihren Füßen brach urplötzlich ein Kopf durch die Wasseroberfläche. Die Person sog pfeifend die Luft ein.

Erst nach ein paar Sekunden begriff sie, was da vor sich ging. Abbey schüttelte den Schreck ab und lief auf die Person zu.

Diese schnappte weiter keuchend nach Luft und machte hektische Bewegungen, um an der Oberfläche zu bleiben.

Abbey watete in das eiskalte Wasser des Lochs. »Ich komme!«

Sie kraulte, so schnell sie konnte, und erreichte die Gestalt, als deren Kopf gerade wieder unter der Oberfläche verschwand. Panisch griff Abbey nach ihr und bekam eine Schulter zu fassen. Sie zog daran, bis der Kopf der Person wieder über Wasser war.

Sie war klein und schmal und den langen Haaren nach zu urteilen ein Mädchen, aber dennoch hatte Abbey Schwierigkeiten, mit ihr zurück ans Ufer zu kommen.

Längst war Abbey zu betäubt, als dass die Kälte noch schmerzte, dafür spürte sie aber ihre Gliedmaßen kaum mehr.

»Komm schon, Fine«, redete sie sich zu. »Du hast einen 150 Kilo schweren Werwolf aus der Themse gezogen. Da wirst du wohl noch so ein Fliegengewicht aus dem See bekommen, verdammt!«

Als Abbey wieder Boden unter den Füßen spürte, wankte sie schwankend zum Ufer und zog das Mädchen einfach hinter sich her. Erst auf dem trockenen Sand ließ sie sich neben ihm auf die Knie fallen und begann sofort Wiederbelebungsmaßnahmen. Es dauerte Gott sei Dank nicht lange, da spuckte das Mädchen Wasser aus und kam schnell wieder zu sich.

Abbey verlor keine Zeit und zog ihr Handy aus der Tasche. Sie konnte von Glück reden, dass Chris ihr eins gekauft hatte, das alle Strapazen ihres Job bisher überstanden hatte, und dem auch ein Tauchgang im Loch Lomond anscheinend nichts ausmachen konnte.

Das Mädchen fing an, am ganzen Körper zu zittern. Auch Abbey schlotterte. Jetzt spürte sie die Kälte wie Nadelstiche in ihren Gliedmaßen. Ein Krankenwagen würde zu lange brauchen, dachte sie. Bis dahin hatte sich das Mädchen eine lebensgefährliche Unterkühlung zugezogen.

Kurz entschlossen rief sie Penny an. »Komm schnell«, rief sie, kaum hatte die abgenommen. Sie beschrieb knapp, was passiert war und wo genau sie war. »Bring Decken mit!«

KEINE HALBE STUNDE SPÄTER SAßEN ABBEY UND DAS Mädchen bei Penny auf der Couch, umgezogen, warm eingewickelt, und jeweils eine Tasse Kräutertee in der Hand. Dank Pennys Kräuterzauber ging es dem Mädchen schnell sehr viel besser, als ein Rettungssanitäter es hätte hinbekommen können.

Nachdem Penny wieder in die Küche verschwunden war, um eine kräftige Hühnersuppe aufzuwärmen, saßen sich Abbey und das Mädchen schweigend und etwas verlegen gegenüber.

Eher eine junge Frau als ein Mädchen, dachte Abbey. Die nassen langen Haare, die eng wie eine Kappe am Kopf angelegen hatten, und ihr zierlicher Körper hatten sie jünger wirken lassen, als sie vermutlich war.

Trotzdem: Bestimmt gab es Eltern, die sich um sie Sorgen machten … Abbey räusperte sich: »Möchtest du jemanden anrufen? Deine Mutter oder deinen Vater oder …?«

Die junge Frau schüttelte traurig den Kopf. »Ich bin eine Waise.«

»Oh.« Das altmodische Wort und seine Bedeutung ließen Abbey zögern. »Jemand anders, der dich abholen kann? Wo, äh, kommst du denn her?«

Die junge Frau starrte sie für einen Moment lang etwas verloren an. Dann senkte sie den Blick und sagte: »Tut mir leid. Ich … ich bin ziemlich durcheinander … die ganze Situation …« Sie nahm einen Schluck Tee und sah auf. »Ich bin Lisa.«

Abbey nickte. »Abbey Fine. Ich habe mich dir zwar vorhin schon vorgestellt, aber da standest du bestimmt noch unter Schock … Und das ist Penny …« Sie nickte der Kräuterhexe zu, die gerade mit einem Tablett ins Zimmer kam.

Penny stellte das Tablett auf dem Couchtisch ab. »Wenn ihr mit dem Tee fertig seid, habe ich Hühnersuppe für euch. Brot habe ich auch dazugelegt. Mögt ihr sonst noch was?«

Lisa schüttelte den Kopf.

»Danke«, sagte Abbey. »Ich habe Lisa gerade gefragt, wen wir benachrichtigen sollen.«

»Klar«, meinte Penny und schnappte sich das Telefon, das auf der Anrichte lag.

»Ähm.« Lisa runzelte die Stirn. »Es gibt niemanden. Ich komme zumindest auf niemanden, den ich anrufen kann.« Sie lachte nervös. »Ist das nicht schrecklich? Dabei muss doch wer kommen … Ich habe kein Geld und nichts.« Sie stellte die Tasse ab und rieb sich das Gesicht. »Oh Gott, irgendwann muss ich doch wieder aufwachen aus diesem Albtraum.«

Abbey und Penny wechselten einen Blick.

»Okay«, sagte Penny, schob das Tablett ein wenig zur Seite und setzte sich auf die Kante des Couchtisches. »Ganz langsam. Ich verstehe, dass du durcheinander bist, nach dem, was dir passiert ist. Vielleicht magst du uns erst einmal erzählen, was genau geschehen ist?«

Abbey beugte sich gespannt vor. Sie hatte sich selber noch nicht so richtig an die Frage herangetastet, weil ihr Bauchgefühl ihr sagte, dass hier etwas nicht mit rechten Dingen zuging.

Penny konnte nicht dieselbe Schlussfolgerung ziehen, weil sie nicht dort gewesen war, als Lisa aus dem See auftauchte. Weit und breit war kein Boot in der Nähe gewesen, aus dem sie hätte fallen können.

Die nassen Klamotten, die Lisa vorhin ausgezogen hatte, sahen eher wie ein Schlafanzug aus als eine Wander- oder gar Tauchausrüstung.

»Ich weiß gar nicht, wie ich es erklären soll, denn ihr werdet mir garantiert nicht glauben. Ich kann es ja selber kaum glauben.« Lisa biss auf ihrer Unterlippe herum und schlug schließlich entschlossen die Decken zurück. »Wisst ihr was: Ich sollte gehen. Ich danke euch wirklich sehr; ihr habt mir das Leben gerettet. Wenn ihr mir noch ein bisschen Geld leihen könntet …«

»Moment«, sagte Penny und schob das schwankende Mädchen resolut wieder auf die Couch. »Du solltest jetzt erst einmal etwas essen, damit du wieder ganz zu Kräften kommst.«

Lisa schien keine Energie zu haben, sich zu wehren. »Ich will euch nicht zur Last fallen.«

»Keine Widerrede«, meinte Penny bestimmt. »Sonst sehen wir uns gezwungen, doch noch den Notarzt anzurufen. Wenn wir dich jetzt gehen lassen und dir passiert was, dann machen wir uns große Vorwürfe, das verstehst du doch?«

Lisa nickte unglücklich.

»Pass auf«, mischte sich Abbey ein. »Wir essen jetzt erst einmal in Ruhe. Dabei kannst du dir überlegen, was du uns erzählen magst. Mach dir keine Sorgen, dass wir dir nicht glauben, okay? Wir haben unsere Erfahrung mit … sagen wir mal, fantastischen Erlebnissen.« Lisas Augen weiteten sich und Abbey hob die Hand. »Falls es in diese Kategorie fallen sollte. Ich will nur sagen: Wir tendieren dazu, dir zu glauben und dich nicht für verrückt zu erklären, was auch immer es ist.«

Lisa sah sie noch eine Weile an. Schließlich nickte sie, ließ sich von Penny wieder in die Decken einwickeln und nahm die Schüssel mit der Suppe entgegen.

Auch Abbey nahm das Essen dankend an. Penny zog sich einen Sessel heran, holte sich aus der Küche eine Tasse Tee und wartete, bis Lisa so weit war.

»Also«, sagte Lisa schließlich, stellte die Schüssel ab und seufzte. »Ich habe euch gewarnt. Aber ich weiß ehrlich gesagt nicht, was ich machen soll. Ich bin auf eure Hilfe angewiesen.«

Abbey nickte ihr ermutigend zu.

»Ich bin ursprünglich aus Edinburgh. Jetzt lebe ich in Brighton. Meine Eltern sind bei einem Verkehrsunfall ums Leben gekommen, als ich noch klein war. Ich wurde von meiner Großmutter aufgezogen. Die ist vor Kurzem gestorben.« Lisa lachte bitter. »Seht ihr, ich habe wirklich niemanden mehr – niemanden, der mir in einer solchen Situation helfen kann. Nachdem Oma gestorben war, bin ich nach Edinburgh zurück und habe mich um ihre Sachen gekümmert. Ihr wisst schon, ich habe ihre Wohnung ausgeräumt, das, was noch irgendwelchen Wert hatte, an Wohltätigkeitsvereine gespendet …« Lisa holte tief Luft.

»Dann habe ich etwas gefunden. Ein kleines Päckchen mit meinem Namen drauf. Darin enthalten war eine Schneekugel. Ich habe keine Ahnung, wie lange das Päckchen schon in ihrem Schrank lag – ob sie es schon lange dort aufbewahrt hatte oder ob sie die Schneekugel gerade erst gekauft hatte.« Lisa schüttelte den Kopf. »Ich wüsste nicht wieso, denn die Schneekugel sagte mir gar nichts. Oder besser gesagt, der Ort in der Schneekugel sagte mir nichts. Ein verschneiter See und ein Häuschen und Berge dahinter. Vorne eine kleine Plakette mit der Aufschrift *Loch Lomond*.«

Abbey und Penny sahen sich an.

»Der Ort sagte dir nichts?«, begann Abbey vorsichtig nachzufragen. »Du warst noch nie zuvor hier? Und dann bist du deshalb … hergereist?«

Lisa machte einen zittrigen Atemzug und schloss die Augen. »Oh Gott. Es stimmt. Ich bin hier, stimmt's? Ich habe mich nicht getraut, es zu fragen. Ich bin am Loch Lomond?«

»Wie meinst du das, du …«, begann Penny, aber Abbey unterbrach sie.

»Wo genau warst du, bevor du hierher kamst, Lisa. Bevor du im Loch Lomond aufgetaucht bist?«

Tränen quollen unter Lisas geschlossenen Lidern hervor. Sie schluckte, bevor sie antwortete. »Zu Hause. In meinem WG-Zimmer in Brighton.«

Abbeys Herz schlug schneller. Sie zwang sich dazu, langsam zu atmen. »Und was hast du direkt davor gemacht?«

Lisa öffnete die Augen und sah sie halb verzweifelt, halb verwirrt an. Sicher hatte sie so etwas wie »Das ist doch unmöglich« erwartet. Abbeys Reaktion schien ihr Mut zu verleihen, weiterzuerzählen.

»Ich habe mir die Schneekugel angeschaut. Ich hatte das Gefühl, meine Großmutter wollte mir damit etwas sagen, aber ich wusste nicht was. Meine Oma war nicht sentimental oder … sie war von der praktischen Sorte. Sie ist plötzlich gestorben und es gibt keine Briefe, nicht mal eine Notiz an mich. Ich wollte irgendwie daran festhalten, dass diese Schneekugel ihre Nachricht an mich ist, aber ich konnte sie nicht entschlüsseln. Ich habe schon mit dem Gedanken gespielt, hierherzukommen, mich hier umzusehen. Aber der Loch Lomond ist ja groß. Wo genau bin ich eigentlich?«

»In Tarbet«, sagte Abbey leise.

»Das sagt mir nichts«, meinte Lisa konsterniert.

»Du hast also nach dem Aufwachen die Kugel betrachtet …«, versuchte Abbey, sie sanft zum Weitererzählen zu ermuntern.

»Ich habe sie mir angeschaut«, nickte Lisa. »Und ich muss irgendwie … halb wieder weggenickt sein. Ich weiß es nicht genau. Ich dachte, ich träume. Der See in der Kugel wurde größer … echter. Ich konnte die Bewegungen des Wassers sehen, konnte es riechen. Es war, also ob ich davon angezogen wurde.« Lisa biss sich auf die Lippe. »Vom Inneren der Kugel. Als ob ich in die Kugel eintauche. Durch das Glas, in den See …« Sie schüttelte den Kopf, so als könnte sie es selbst kaum glauben. »Wie gesagt, ich dachte, ich träume. Plötzlich war mir eiskalt. Es war so ein Schock, dass es mir den Atem nahm. Dann wurde der Druck auf meiner Brust immer größer, und ich merkte, dass ich tatsächlich nicht atmen konnte. Weil ich unter Wasser war. Es war so kalt und dunkel und ich … ich strampelte einfach los. Ich wusste ja nicht mal, wo oben und unten war und ob es ein Oben und Unten gab. Ich wusste nicht, wo ich war. Dann sah ich etwas Helleres und bewegte mich, so gut und so schnell ich konnte, in die Richtung. Ich hatte keine Kraft mehr, ich spürte meine Glieder nicht mehr, ich … ich dachte, ich muss sterben«, hauchte Lisa. »Dann tauchte ich auf. Luft schnappen konnte ich noch, aber zu mehr reichte es nicht …«

Abbey nickte. »Gott sei Dank war ich zufällig da. Wenn dich niemand gesehen und rausgefischt hätte …« Sie sprach den Gedanken nicht zu Ende.

»Du bist also teleportiert worden«, sagte Penny langsam. »Durch die Schneekugel in den Loch Lomond.«

Lisa schaute Penny entgeistert an. Dann wanderte ihr Blick zu Abbey. Die nickte ihr zu. »Ich habe doch gesagt, wir glauben dir.«

»Aber … aber das geht doch gar nicht … man kann doch nicht …«

»Lisa, du bist an einem Ort gelandet, wo es viele Frauen gibt, die … so etwas in der Art können«, sagte Penny mit sanfter Stimme. »Ich erzähle dir gerne gleich mehr über diese Frauen. Denn ich kann mir nicht vorstellen, dass es Zufall ist, dass du ausgerechnet hier, bei uns gelandet bist. Aber erst einmal muss ich ein paar Anrufe tätigen.« Sie stand auf und sagte zu Abbey: »Wir sollten so schnell wie möglich eine Konferenz abhalten, um das zu besprechen.« Dann verließ sie das Zimmer mit dem Telefon in der Hand.

Lisa schaute ihr skeptisch nach. »Jetzt wird sie die Polizei anrufen, oder? Damit die mich in irgendeine Anstalt bringen?«

Abbey schüttelte den Kopf. »Nein, wirklich nicht. Wie gesagt, wir wissen, dass es mehr Dinge zwischen Himmel und Erde gibt, die … Na ja, sagen wir mal, deine Geschichte kommt uns irgendwie bekannt vor.«

Lisa wollte etwas einwenden, aber Abbey ließ sie nicht zu Wort kommen. »Penny erzählt es dir nachher gleich lieber selber. Aber lass uns kurz über etwas anderes reden. Etwas, bei dem ich helfen könnte.«

Lisa sah sie abwartend an.

»Erst einmal, wie heißt du denn mit Nachnamen?«

»Graham.«

»Und deine Großmutter hieß auch so?«

Lisa nickte. »Ja, sie war die Mutter meines Vaters. Elisabeth Graham hieß sie.«

»Moment.« Abbey kramte einen Stift und einen Zettel aus dem Chaos aus Zeitschriften und anderem Zeug auf der Ablage unter dem Couchtisch hervor. Sie schrieb sich auf, was Lisa schon erzählt hatte.

Dann fragte sie weiter und notierte sich alle Namen und Daten von Lisas Familienmitgliedern. Sie erkundigte sich nach Lisas Adresse in Brighton, nach ihrem Arbeitgeber, nach Freunden und Bekannten. Lisa erklärte, dass sie mit ihren WG-Bewohnern nicht wirklich gut zurechtkam, weil die totale Technofreaks und Nachteulen waren und oft in der Wohnung Party machten, wobei auch illegale Substanzen konsumiert wurden. Sie suchte schon länger nach einem neuen Zimmer, musste aber erst mal wieder Geld für eine Kaution ansparen. Sie arbeitete in einem Café.

»Ich habe mein Studium an der University of Sussex nach mehreren Wochen abgebrochen.« Lisa zog eine Grimasse. »Das habe ich meiner Oma nie erzählt. Ich dachte einfach, ich nehme ein Jahr Auszeit, überlege mir, was ich wirklich machen will, und schreibe mich dann wieder ein. Dann wollte ich ihr davon berichten – wenn ich einen Plan hatte. Meine Kommilitonen im Studentenheim waren ganz nett, aber ich war nicht wirklich lange genug dort, um bleibende Freundschaften zu schließen. Ein paar Bekannte im Café habe ich natürlich … aber niemanden, den ich in einer Situation wie dieser anrufen könnte«, meinte Lisa traurig.

»Ich verstehe«, meinte Abbey. Sie war auch nie der Typ gewesen, der viele weibliche Freunde hatte. Oder Freunde überhaupt. Gerade in letzter Zeit … Sie schob den Gedanken beiseite, dass sie auch niemanden hätte, den sie in einer solchen Lage anrufen könnte. Doch das stimmte nicht. Sie hatte noch ihre Mutter, ihren Chef, die Hexen in Tarbet … die würden ihr immer helfen, wenn sie in Not war. Wie jetzt.

Egal, sagte sie sich, *hier geht es jetzt um Lisa. Mit deinem eigenen verkorksten Leben kannst du dich später auseinandersetzen.*

»Freunde aus der Schulzeit in Edinburgh hast du auch nicht?«, fragte sie weiter.

»Wegen dem Job meiner Oma sind wir oft umgezogen. Deshalb musste ich häufig die Schule wechseln. Meine Oma hat hart gearbeitet, damit ich eine gute Schulausbildung erhielt und schließlich sogar von einem besseren Internat aufs nächste kam. Deshalb ist es mir auch so schwergefallen, ihr vom Uni-Abbruch zu erzählen.«

Man sah Lisa ihr schlechtes Gewissen an. Sie gehörte offensichtlich zu den Menschen, denen man alles, was sie dachten, vom Gesicht ablesen konnte.

Die junge Frau war verzweifelt. Sie war allein, hatte nichts und niemanden, außer einen Haufen Probleme. Und soeben war das wenige, was sie wusste und woran sie festhielt, auch noch auf den Kopf gestellt worden.

»Ich werde dir helfen«, sagte Abbey. »Mach dir weiter keine Sorgen, okay? Wir werden dem Ganzen schon auf den Grund gehen. Ich bin Privatdetektivin und spezialisiert auf Fälle mit übersinnlichen Phänomenen. Wie Penny gesagt hat, es wird kein Zufall sein, dass du ausgerechnet hier in Tarbet im wahrsten Sinne des Wortes aufgetaucht bist, denn hier leben Frauen wie du. Und sie werden dir auch helfen wollen. Du bist hier in guten Händen.«

EIN PAAR STUNDEN SPÄTER MUSSTE ABBEY IHRE zuversichtlichen Worte bereuen. Sie war froh, dass Lisa sich schlafen gelegt hatte und bei der Konferenz nicht dabei war.

»Können wir diesem Mädchen denn überhaupt einfach so glauben?«, fragte eine Hexe der älteren Generation.

»Ja, genau«, fiel Rosa Simmonds, die Mutter der neuen Oberhexe Fionna, ihr ins Wort. »Wer weiß, wer die wirklich ist, und was die von uns will. Hoffentlich habt ihr nicht zu viel von uns verraten.«

»Haben wir natürlich nicht«, log Penny. Jemand mit weniger Selbstbewusstsein wäre in der Situation vielleicht rot geworden, nicht aber die Kräuterhexe. »Aber wir sehen keinen Grund, ihr zu misstrauen.«

»Ich sage das nicht oft, aber meine Mutter hat recht.« Fionna verzog das Gesicht »Wir müssen vorsichtig sein. Wir sollten aus der Vergangenheit lernen. Wer wollte uns nicht schon alles an den Kragen.«

»Ich glaube, ihr habt mir nicht richtig zugehört«, mischte Abbey sich empört ein. »Sie ist aus dem See aufgetaucht. Aus dem Nichts. Beinahe wäre sie ertrunken. Wenn ich nicht rein zufällig dort gewesen wäre. Wie könnt ihr denn glauben, dass das irgendwie … inszeniert war? Kein Mensch hätte das hinbekommen. Unmöglich.«

Abbey schaute in die Runde skeptischer Gesichter. Dann blieb ihr Blick an Tara hängen. Die hatte die Augen vor Schrecken geweitet und die Hand vor den Mund gelegt. »Oh mein Gott«, hauchte sie.

»Was denn?«, fragte Abbey etwas irritiert ob dieser dramatischen Geste.

»Wisst ihr denn nicht, was morgen Nacht ist?« Tara klang entsetzt.

»Natürlich. Es ist Samhain«, antwortete Penny ungeduldig. »Wir haben doch eine Zeremonie geplant, die von Bethany geleitet wird. Was hat das damit zu tun?«

»An Halloween tauchen alle möglichen Kreaturen in unserer Welt auf, die sonst auf unserer Realitätsebene nichts verloren haben.« Die Junghexe mit den blondierten Haaren klang ganz atemlos vor Aufregung. »Ich habe da mal was von einer Katze gehört …«

»Moment«, unterbrach Abbey sie. »Was willst du damit überhaupt andeuten? Dass Lisa kein Mensch ist und …«

Tara kreischte auf. »Sie ist ein Fuath!«, rief sie.

Jetzt redeten alle Frauen durcheinander. Abbey spürte, wie sich schnell Hysterie im Raum verbreitete.

Die rothaarige Oberhexe setzte dem ein Ende. »Ruhe! Bitte alle mal ruhig bleiben. RUHE!« Nach und nach verstummten die Frauen.

»Okay. Ich kann die Annahme nachvollziehen, dass es sich bei dem Mädchen um einen Wassergeist handelt …«

»Hey, warte mal«, wollte Abbey unterbrechen, aber Fionna deutete ihr an, still zu sein.

»Abbey, du hast selber gesagt, das Mädchen ist einfach so aus dem Nichts aufgetaucht. Das hört sich nach einer Kreatur aus einer anderen Welt an. Und wir wissen, dass es sie gibt und dass sie besonders um und an Halloween erscheinen.«

Abbey verschränkte die Arme vor der Brust. »Und dann können sie eine so überzeugende Geschichte erfinden? Die nur wir glauben würden? Wozu?«

Fionna zuckte mit den Schultern. »Das wissen wir nicht … aber alles ist möglich. Natürlich ist Lisas Erklärung genauso plausibel.«

Abbey schaute die Oberhexe mit hochgezogenen Augenbrauen an. *Plausibel?* Alles, worüber sie hier gerade geredet hatten, war so weit entfernt von plausibel wie nur möglich.

»Und Lisas Geschichte sollte doch ziemlich einfach nachzuprüfen sein«, fuhr Fionna fort.

»Ja, Abbey«, meinte Rosa herausfordernd. »Wieso

haben wir überhaupt diese Diskussion? Du bist doch Privatdetektivin. Warum hast du nicht schon längst herausgefunden, ob die Geschichte des Mädchens stimmt?«

Abbey knirschte mit den Zähnen. »Ich habe alle Informationen zusammen. Nur habe ich gedacht, wir können gemeinsam Lisas Herkunft auf die Schliche kommen. Schließlich muss sie von einer Hexenfamilie abstammen.«

Abbey wusste, dass Hexengaben in weiblicher Linie vererbt wurden. Sie wusste auch, dass es auch anderswo auf der Welt Hexen und Magier gab – war aber davon ausgegangen, dass ein Mädchen aus Schottland mit solchen übersinnlichen Fähigkeiten bestimmt mit dem Tarbet-Clan verwandt sein musste.

»Ich dachte, es könnte so ähnlich sein wie bei Bethany«, erklärte Abbey. Die Hexe, die in den USA aufgewachsen war, hatte von ihrer Gabe, mit Geistern kommunizieren zu können, nichts gewusst, bis es sie beruflich nach Schottland verschlagen hatte – und auch noch in ein Schloss, in dem es spukte. Mittlerweile lebte sie gemeinsam mit ihrem Mann in diesem Schloss in der Nähe von Oban. Bethanys Großmutter war in jungen Jahren von Tarbet in die USA ausgewandert, um ihrer Hexengabe sozusagen zu entfliehen.

»Dass Lisa aus einer Tarbet-Linie stammt und nichts von ihrer Gabe, teleportieren zu können, gewusst hat. Und ich hatte mir vorgestellt, wir könnten herausfinden, aus welcher Familie sie kommt.«

»Na, wie heißt sie denn – angeblich?«, fragte Rosa skeptisch.

Abbey verlas die Namen aus ihrer Liste, aber sie kamen niemandem bekannt vor. Enttäuschung machte sich in ihr breit. So leicht ließ sie sich aber nicht unterkriegen. »Dann fangen wir doch einfach noch mal ganz von vorne an und verifizieren ihre Geschichte, wenn ihr das für nötig haltet«, sagte sie mit hocherhobenem Kopf. »Lisas menschliche

Existenz sollte ganz einfach nachzuprüfen sein.« Abbey warf einen Blick auf ihre Notizen.

»Sie hat gesagt, sie arbeitet in einem vegetarischen Café in Brighton, das *Aubergine* heißt.« Abbey zog ihr Handy aus der Tasche und schaute im Internet nach. »Aha!«, rief sie erfreut. »*Aubergine* gibt es tatsächlich. Und es hat noch offen.«

Penny reichte ihr wortlos das Telefon und Abbey tippte die Nummer ein.

Es läutete ein paar Mal, bis eine brummige männliche Stimme antwortete: »Ja?«

»Ist da das Café *Aubergine*?«, fragte Abbey, während die Frauen im Raum sie gespannt ansahen.

»Ja.«

»Moment.« Sie stellte den Lautsprecher auf laut.

»Ich würde gerne wissen, ob eine Lisa Graham bei Ihnen angestellt ist«, sagte Abbey erwartungsvoll. Gleich würden aber einige Hexen, die sie nicht besonders mochte, zu Kreuze kriechen! Rosa Simmonds sah definitiv ein bisschen unruhig aus.

»Hier arbeitet keine Lisa Graham«, sagte der Mann griesgrämig und legte auf.

BEIM FRÜHSTÜCK AM NÄCHSTEN MORGEN BEKAM ABBEY kaum etwas runter. Sie musste sich dazu zwingen, Lisa nicht dauernd mit prüfendem Blick anzuschauen.

Egal wie oft die älteren Hexen am vorigen Abend darauf beharrt hatten, dass Lisa offensichtlich ein Wassergeist sein musste, Abbeys Bauchgefühl sagte ihr, dass die junge Frau unschuldig war und ihre Hilfe brauchte.

Sie sprach vorerst besser nicht über das Misstrauen der anderen Hexen, um Lisa nicht zu verschrecken. Vielleicht gab es eine einfache Erklärung dafür, dass Lisas angeblicher

Arbeitgeber sie verleugnete und dass Abbey bislang nichts über sie gefunden hatte.

Bei der Konferenz hatten sie beschlossen, dass Abbey bis zur Halloween-Zeremonie am Abend Zeit blieb, um zu beweisen, dass Lisas Geschichte stimmte. »Und derweil recherchieren wir schon mal, wie Fuathan vertrieben werden«, hatte Rosa schadenfroh gesagt. »Ich finde bestimmt einen Zauber in Fionnas alten Büchern.«

Die anderen Junghexen hätten sich natürlich gerne auf Pennys und Abbeys Seite geschlagen, aber ohne Lisa zu kennen, konnten sie schlecht Position beziehen. »Ich vertraue eurer Menschenkenntnis«, hatte Fionna schließlich ausgesprochen, was wahrscheinlich alle dachten. »Aber ihr müsst zugeben, dass das alles sehr sonderbar ist. Und die zeitliche Nähe zur Halloween-Nacht macht es noch suspekter. Ich muss gestehen, dass ich nicht viel über Fuathan weiß, außer, dass sie durch und durch bösartig sind. Ich kann mir schlecht vorstellen, dass ein Wassergeist dazu in der Lage ist, sich so überzeugend als Mensch auszugeben und eine derart detailreiche Lebensgeschichte zu erfinden. Das Motiv wäre mir auch schleierhaft. Aber wir haben schon alles erlebt und müssen auf der Hut sein. Deshalb wird es meine Aufgabe sein, über Fuathan und deren Vertreibung zu recherchieren, Mutter! Bestimmt wird es sich als unnötig herausstellen, denn kompetente Privatdetektivin, die sie ist, hat Abbey bestimmt bald Beweise dafür gefunden, dass Lisa die Wahrheit sagt.«

Kompetent fühlte sich Abbey heute gar nicht. Sie seufzte und versteckte ihr Gesicht hinter ihrer Kaffeetasse, als Lisa sie komisch ansah.

»Ach«, improvisierte Abbey. »Ich habe so eine blöde Nachricht auf Facebook bekommen. Von einem Ex. Ich wünschte, ich hätte nie seine Freundschaftsanfrage angenommen. Der nervt. Du weißt ja, wie das ist …«

Lisa schüttelte brötchenkauend den Kopf. »Ich bin nicht auf Facebook«, murmelte sie mit vollem Mund.

»Nicht? Ich dachte, heutzutage sind alle auf Facebook. Oder bin ich da schon zu altmodisch? Instagram?«

Lisa zuckte mit den Schultern. »Ich hatte nie Bock darauf, meine Angelegenheiten in der Öffentlichkeit zur Schau zu stellen. Und als immer mehr Leute merkten, dass es doch vielleicht keine gute Idee ist, seine privaten Daten im Internet herumschwirren zu lassen, war ich echt froh, nie damit angefangen zu haben.« Sie legte ihr angebissenes Marmeladenbrötchen auf den Teller. »Es hat mir nie gefehlt. Aber jetzt denke ich … Wenn ich mir Mühe gegeben hätte, Freundschaften zu pflegen, dann hätte ich jetzt einen Weg, jemanden zu kontaktieren, der mir hilft.«

Abbey nickte erleichtert – und hoffte, es kam als mitfühlend rüber. Sie hatte in der Nacht natürlich schon mit ihren Recherchen angefangen. Das einzige Mittel, das ihr zur Verfügung stand, war Pennys Laptop. Sie war eigentlich ganz zuversichtlich gewesen, dass sie die ersten Puzzleteile zu Lisas Leben im Internet finden würde – bei den meisten Menschen war das so. Leider hatte sie unter den vielen Lisa Grahams keine Spur von dieser hier gefunden.

»Ich bin auch nicht auf Facebook, genau aus dem Grund«, mischte sich Penny arglos ein, die gerade mit einer Pfanne Rührei mit Speck in die Küche kam.

»So«, meinte Penny, nachdem sie sich hingesetzt und großzügige Portionen aufgetan hatte, »mehr zu der gestrigen Konferenz, Lisa. Leider konnten wir nicht viel herausfinden. Niemand hatte eine Ahnung, wer deine Vorfahrin sein könnte.«

»Oh.« Lisa ließ enttäuscht die Schultern hängen. »Na ja … dann muss ich wieder heim. So surreal wie das Erlebnis auch war, am besten ich hake es ab und versuche irgendwie …«

»Nicht so schnell«, unterbrach Penny sie. »So leicht

geben wir nicht auf. Wir haben trotzdem gestern einen Plan ausgeheckt.«

Lisa starrte sie etwas verblüfft an. »Warum? Ich nehme eure Zeit in Anspruch ... und .... und ... Es wäre doch viel einfacher, mir etwas Geld zu leihen und mich dann in den Zug nach Brighton zu setzen.«

»Jetzt hör mal zu«, sagte Penny resolut und schnappte sich noch ein Stück Schinkenspeck direkt aus der Pfanne. »Du hast keine Familie mehr. Du hast wenig Freunde und anscheinend gar keine besonders guten. Wenn alles so ist, wie du erzählst, und wir mit unseren Vermutungen recht haben, dann gehörst du zu uns. Und wir sind eine eingeschworene Gruppe. Wenn wir auch untereinander oftmals unterschiedlicher Meinung sind und sich einige von uns gar nicht ausstehen können. Aber wir sind nun mal ein Bund. Ich wollte auch lange nichts damit zu tun haben – und aus verschiedenen Gründen der Bund nichts mit mir. Habe mich als Einzelkämpferin gesehen und hatte auch keine guten Freundinnen. Ich musste erfahren, wie wichtig das ist, und ich will es nicht mehr missen. Letzten Endes hast du magische Fähigkeiten, von denen du nichts wusstest, und du musst lernen, diese zu kontrollieren. Wie wir nämlich gesehen haben, können die dich in Lebensgefahr bringen. Selbst wenn deine magische Gabe ihren Ursprung nicht in Tarbet haben sollte, brauchst du unsere Hilfe. Nimm sie an.«

Lisa starrte Penny immer noch an, und jetzt lief ihr eine Träne die Wange herunter. »Okay«, sagte sie nur leise.

Abbey wurde richtig mulmig zumute. Sie wünschte sich, sie würde Pennys Zuversicht teilen. Natürlich gab es den Zusammenhalt im Bund, aber was, wenn der Bund beschloss, dass Lisa nicht dazu gehörte? Wenn er sich gegen sie stellte? Sie war schon bei Hexen-Zeremonien dabei gewesen. Wenn die Hexen wirklich glaubten, Lisa sei ein Fuath, und irgendein Ritual anwendeten, um den Geist zu vertreiben, dann würde das ein traumatisches Erlebnis für die junge Frau werden. Und sie würde sehr bereuen, ihnen ihr Vertrauen geschenkt zu haben.

Sie musste unbedingt beweisen, dass Lisa die Wahrheit sagte. Abbey spürte den Druck dieses Wettlaufs mit der Zeit wie Ziegelsteine auf ihrer Brust.

»Also, zum Plan«, erzählte Penny ungerührt weiter. »Eine von uns, Bethany, kann Geister sehen und mit ihnen reden. Du und ich holen Bethany nach dem Frühstück ab und dann fahren wir nach Edinburgh. Du hast doch gestern erzählt, die Wohnung deiner Oma steht noch leer? Wir hoffen, dass Beth mit deiner Oma kommunizieren kann, die ja in der Wohnung gestorben ist.«

Lisa sah sie mit offenem Mund an. »Meine Oma … Oh Gott, ich weiß nicht, ob ich das kann …«, sagte sie schließlich.

»Ich weiß, das wird hart«, meinte Penny mitfühlend. »Aber wir sind ja bei dir. Und wenn es klappt, hast du die Gelegenheit, deiner Oma all die Dinge zu sagen, die du ihr vor ihrem plötzlichen Tod noch hattest sagen wollen. Und sie auch. Sie wird uns hoffentlich über die Schneekugel aufklären, und vielleicht haben wir das ganze Geheimnis dann bald gelöst.«

Lisa weinte jetzt richtig. Ungeduldig wischte sie sich mit der Hand über die Augen. »Das ist alles ein bisschen viel. Teleportieren. Mit Geistern reden …« Sie schüttelte den Kopf und lachte humorlos. »Gott. Mein Leben ist wirklich ein völliges Chaos.«

Penny nahm ihre Hand. »Du hast gerade etwas sehr Ungewöhnliches über dich herausgefunden. Da ist es doch völlig normal, dass alles erst mal ein Chaos ist. Und so wie es sich anhört, hat es vorher schon nicht gepasst. Vielleicht wusstest du im Unterbewusstsein, dass das Leben noch etwas anderes für dich parat hat. Wenn du mich fragst, ist das hier alles gut. Du findest heraus, wer du wirklich bist.

Wenn du alle Informationen darüber hast, kannst du entscheiden, wie es für dich weitergeht.«

Lisa holte tief Luft und nickte. »Oh Mann, ich bin so froh, dass ich bei euch gelandet bin. Dass du da warst, als ich aus dem See aufgetaucht bin.« Sie sah Abbey dankbar an. »Kommst du auch mit nach Edinburgh?«

Abbey schluckte. Sie hoffte bloß, sie bauten die junge Frau nicht auf, nur um sie später, heute Nacht, wieder völlig zu zerstören.

»Ich wäre sehr gerne dabei, aber ich habe noch etwas zu erledigen. Dann treffe ich mich mit euch in Edinburgh – hoffentlich noch rechtzeitig, um mitzuerleben, wie ihr mit deiner Oma … äh … redet.«

Der Trip nach Edinburgh würde fast den ganzen Tag in Anspruch nehmen und da Abbey Rosas Herausforderung angenommen hatte, Lisas menschliche Existenz zu beweisen, musste sie erst ins Büro ihres Chefs nach Glasgow. Dort hatte sie alle möglichen Datenbanken zur Verfügung.

Die Hexen hatten beschlossen, dass sie sich Fionnas Auto ausleihen würde, um den Abstecher nach Glasgow zu machen, während Penny mit Beth und Lisa nach Edinburgh fuhr.

Fionna machte ein sehr besorgtes Gesicht, als sie ihr die Tür öffnete. »Komm rein«, sagte sie.

»Ich würde lieber unverzüglich losfahren«, entgegnete Abbey.

»Ich hab dir was zu erzählen.«

»Okay«, sagte Abbey langsam und trat ein.

»Setz dich, ich mache dir einen Kaffee.«

Mehr Koffein würde ihren blanken Nerven nicht guttun. Abbey merkte, wie ihr Magen grummelte. Sie hätte vorhin doch frühstücken sollen. »Nee, danke, aber hast du etwas zu essen? Einfach einen Toast, oder so?«

Fionna nickte und schob eine Brotscheibe in den Toaster.

Abbey bediente sich am Kühlschrank und goss sich ein Glas O-Saft ein.

Fionna lehnte sich gegen den Tresen und verschränkte die Arme vor der Brust. »Fuathan sind so bösartig, dass sie sogar danach benannt wurden. Fuath bedeutet Hass auf Gälisch. Sie sind wohl sehr rachsüchtig, besonders wenn jemand ihrem Heim, also dem See oder Fluss, in dem sie wohnen, irgendwelchen Schaden zugefügt hat.«

»Hmm«, meinte Abbey. »Angesichts des Raubbaus, den die Menschen mit der Natur betreiben, müssten sich ja sämtliche Fuathan Schottlands auf Rachefeldzügen befinden.«

»Fuathan ist manchmal ein Überbegriff für andere mythologische Kreaturen wie bestimmte Arten von Brownies, Seeungeheuern und Kelpies«, erklärte Fionna weiter.

»Ach, von Kelpies habe ich schon mal gehört. Die verwandeln sich in Pferde, oder?«

Fionna nickte. »Es sind Wasserpferde, die sich in Menschen verwandeln können. Die wahren Fuathan sind aber keine Kreaturen aus Fleisch und Blut, die praktisch gestaltwandeln können. Es sind eigentlich körperlose Geister, die aber die Gestalt von Menschen annehmen können. In den Geschichten werden sie als menschenartige Kreaturen beschrieben, mit grüner Haut und einer gelben Mähne, einem Schwanz mit Stacheln und Schwimmhäuten an den Füßen. Außerdem haben sie keine Nase. In den Geschichten werden öfter Fuathan erwähnt, die sich mit Menschenfrauen paaren. Die Nachkommen einer solchen Vereinigung sollen ebenfalls Schwimmhäute zwischen den Zehen und Fingern haben.« Das Brot sprang aus dem

Toaster und Fionna drehte sich um. »Butter und Marmelade?«

Abbey nickte abwesend. »Also, das hört sich für mich nicht so an, als ob sich Menschen davon hätten täuschen lassen. Ich meine, jeder, der so eine Kreatur sieht, dreht sich doch gleich wieder um und rennt weg!« Sie setzte sich an den Tisch. »Davon abgesehen trifft das alles auf Lisa nicht zu. Die hat definitiv eine Nase und ich glaube, eine Mähne und ein Schwanz wären mir auch aufgefallen.«

Fionna stellte ihr den Teller mit dem Toast hin. »Iss mal was. Dann erzähle ich weiter.«

Abbey warf ihr einen komischen Blick zu. Achselzuckend nahm sie einen Bissen und aß dann schnell den halben Toast auf. Aber dann hielt sie es nicht mehr aus. »Jetzt rede schon!«

»Dann bin ich auf folgende Geschichte gestoßen: Der junge Sohn einer wohlhabenden Familie ist im Loch Lomond baden gewesen. Plötzlich hat ihn etwas gepackt und er wurde nach unten gezogen. Der Vater konnte ihn rechtzeitig retten, bevor er ertrank. Dabei tauchte auch eine junge Frau auf. Sie war es, die den Jungen gepackt hatte. Niemand hatte sie vorher gesehen; sie kam aus dem Nichts. Als alle wieder am Ufer waren, erklärte die junge Frau, sie habe dem Jungen kein Leid antun wollen. Sie war so voller Panik gewesen, dass sie nach irgendetwas gegriffen und daran gezogen hatte. Der Grund, warum sie so panisch gewesen ist: Ein paar Sekunden bevor sie sich im See wiederfand, hatte sie noch in ihrem Haus, irgendwo weit weg an einem anderen Ort in Schottland, gestanden und sich ein Gemälde an der Wand angeschaut. Ein Bild vom Loch Lomond. Der Vater wollte der jungen Frau natürlich nicht glauben, aber die Mutter des Jungen, die als weise Frau, sprich Hexe, beschrieben wird, glaubte ihr und nahm die junge Frau bei sich auf.«

»Okay …«, sagte Abbey mit gerunzelter Stirn, als

Fionna eine Pause machte. »Das gleicht Lisas Erlebnis. Die junge Frau könnte vielleicht sogar eine Vorfahrin von ihr sein. Aber warum findest du das so beunruhigend – ist doch eher eine Bestätigung …«

Abbey brach ab, als Fionna den Kopf schüttelte. »Ich habe diese Geschichte im Zusammenhang mit Fuathan gefunden. Denn der Mann wurde sich immer sicherer, dass die mysteriöse junge Frau ein Wassergeist und die ganze Scharade dafür da war, um die Kräfte seiner Frau für sich zu gewinnen, die sich besonders gut auf Heilpflanzen verstand. Seine Frau wurde nämlich krank, bettlägerig und immer schwächer. Schließlich fand er einen Magiekundigen, der, ich zitiere, >den bösen Geist austrieb<. Die junge Frau schrie wie eine Banshee und wurde am ganzen Körper blassgrün, bis sie schließlich auf Nimmerwiedersehen im Loch verschwand.«

Fionna räusperte sich. »Also, man könnte die Geschichte auch anders erklären. Vielleicht hat der Vater Gefühle für die junge Frau entwickelt und fühlte sich schuldig. Vielleicht war seine Frau einfach nur krank und er projizierte die eigenen Dämonen auf das arme Mädchen. Vielleicht hat der angebliche Magiekundige sie so gefoltert, dass sie tatsächlich schrie wie eine Banshee und ihr Körper vor lauter Schock und Blutverlust grün wurde. Vielleicht war es so schlimm, dass das Mädchen es vorzog, sich im See zu ertränken. Das ist alles möglich.«

»Oder sie war tatsächlich ein Fuath?«, fragte Abbey tonlos.

Fionna zuckte mit den Schultern. »Die Sache ist die, Abbey. Meine Mutter kennt die Geschichte. Sie hat mich auf das Buch aufmerksam gemacht. Die älteren Hexen haben sozusagen einen guten Grund dafür, Lisas Geschichte mit Misstrauen zu begegnen. Und sie sind eifrig dabei, herauszufinden, wie sie Lisa heute Nacht dasselbe antun können, was der jungen Frau angetan wurde.«

Abbey stand auf. »Oh Gott.«

Fionna hob die Hand. »Du musst einfach Belege dafür finden, dass Lisa Graham ein Mensch ist. Aber wenn dir das nicht gelingt, Abbey, dann muss ich meiner Mutter aufgrund dieser Geschichte leider in ihrem Vorhaben beipflichten. Obwohl sich mir noch nicht erschließt, wie diese Geistervertreibung vonstatten gehen soll«, seufzte sie. "Das Ritual in der Geschichte wird nicht näher erläutert. Sonst heißt es oft, Sonnenlicht und kalter Stahl töten Fuathan."

Abbey wurde ein bisschen schlecht. »Ich mache mich lieber auf den Weg.«

»Halt mich auf dem Laufenden.«

Abbey verabschiedete sich von der Oberhexe und fuhr so schnell, wie das Tempolimit es erlaubte, nach Glasgow, um im dortigen Büro von *Chris-Harris-Investigations* Nachforschungen anzustellen, die dem ganzen Spuk hoffentlich bald ein Ende setzen würden.

Ein paar Stunden später streckte sich Abbey auf ihrem Bürostuhl. Ihr Nacken knackste. Völlig angespannt hatte sie in gekrümmter Haltung am Schreibtisch gesessen und auf den Bildschirm gestarrt. Frustrierenderweise war sie mit ihren Recherchen einfach überall in Sackgassen geendet.

Ja, die Eckdaten, die Lisa ihr diktiert hatte, ließen sich bestätigen. Eine Lisa Graham wurde tatsächlich an dem genannten Datum in Edinburgh geboren. Auch die Geburts- und Todesdaten ihrer Eltern und der Großmutter Elisabeth Graham stimmten. Ebenso die Adresse von Mrs Graham.

Mit Lisas weiterem Lebenslauf aber hatte Abbey Schwierigkeiten. Die vielen Schulwechsel hatten anscheinend zur Folge gehabt, dass Lisa Graham nie auf einem Klassenfoto zu sehen war. Und Abbey fehlte einfach die Zeit, an die Schulunterlagen zu kommen.

Selbst wenn sie die hätte; ihr Hauptproblem war, dass es einfach keine Fotos von Lisa Graham gab. Sie konnte sich also nicht sicher sein, dass die junge Frau, die sich als Lisa Graham ausgab, tatsächlich auch diese war.

In der Welt der übersinnlichen Kreaturen, in der Abbey ermittelte, war so etwas nicht ungewöhnlich. Nur hatte sie in diesem Fall nicht mit solchen Schwierigkeiten gerechnet. Sie war voll und ganz davon überzeugt gewesen, dass Lisas menschliche Existenz einfach nachzuweisen war. Abbey schob die ersten Zweifel gedanklich beiseite – sie sollte sich besser aufs Praktische konzentrieren, denn die Zeit lief ihr davon.

Abbey sprang auf und tigerte in dem kleinen Büro auf und ab. Ihre bevorzugte Ermittlungstaktik war es, sich unter die Leute zu mischen und sie zu befragen. Sie verfluchte die Tatsache, dass sie keine Zeit hatte, nach Brighton zu fahren, sich in Lisas WG Einlass zu verschaffen, direkt in ihr Zimmer zu marschieren und dort Portemonnaie mit Ausweis und die Schneekugel zu finden. Wahrscheinlich sowieso die einzigen Belege, die die alten Hexen als beweiskräftig akzeptieren würden.

Sie ließ sich auf ihren Drehstuhl fallen und tippte erneut die Nummer ins Telefon, die sie mittlerweile auswendig konnte. Bislang hatte noch niemand in Lisas WG abgenommen. Abbey trommelte mit den Fingern auf der Schreibtischplatte, bis sich nach circa zwanzigmal Klingeln endlich eine verschlafene Stimme meldete.

Abbey setzte sich gerade auf. »Guten Tag, Abbey Fine hier. Ich bin auf der Suche nach Ihrer Mitbewohnerin Lisa Graham und kann sie nicht erreichen«, hielt sie sich kurz.

»Häh?«

»Lisa Graham«, wiederholte Abbey etwas ungeduldig. »Ihre Mitbewohnerin.«

Eine kurze Pause. »Die ist verschwunden, oder was?«

»Ja, sie ist nicht auf der Arbeit aufgetaucht und wir machen uns Sorgen«, sagte Abbey. »Können Sie vielleicht nachschauen, ob sie auf ihrem Zimmer …«

»Sie haben die falsche Nummer.«

»Nein, warten Sie«, ließ Abbey sich nicht abwimmeln. Sie nannte die Adresse, die Lisa ihr gegeben hatte. »Da bin ich doch richtig, oder?«

»Äh, ja.« Wieder eine kurze Pause. »Aber hier wohnt keine Lisa.«

Für einen Schlag setzte Abbeys Herz aus. Der junge Mann nutzte ihre Schrecksekunde, um einfach aufzulegen.

Hektisch drückte Abbey die Wahlwiederholung. Aber diesmal nahm keiner mehr ab, so lange sie auch durchklingeln ließ.

Mit Frust knallte sie den Hörer auf. Sollte sie es noch einmal bei der Universität versuchen? Vorhin hatte man sie abgewimmelt, aber sie wusste mit Sicherheit, dass Studenten einen Foto-Ausweis erhielten. Wenn sie nur irgendwie eine Kopie davon bekommen könnte …

Genervt schüttelte sie den Kopf. Die Zeit war zu knapp. Die Recherchen und die Herumtelefoniererei brachten sie nicht weiter. Sie musste etwas tun.

Geistesgegenwärtig hatte sie am Morgen heimlich ein Foto von Lisa gemacht. Am liebsten wäre sie nach Brighton gefahren, um es dort Leuten zu zeigen. Wenn jemand die junge Frau wiedererkennen würde …

Vielleicht hätte sie in Edinburgh Glück. Lisa hatte dort gewohnt, war vor Kurzem noch in der Wohnung gewesen, um sie zu entrümpeln. Die Nachbarn mussten sie kennen. Ob die anderen Hexen solche Aussagen als beweiskräftig ansehen würden, wusste sie nicht, aber sie war mittlerweile am Punkt angelangt, dass sie sich selber davon überzeugen musste, dass Lisa diejenige war, für die sie sich ausgab.

Ein Blick auf die Uhr verursachte ihr Bauchschmerzen. Sie hatte schon viel zu lange hier im Büro gesessen. Komisch, dass sie von den anderen noch nichts gehört hatte.

Abbey zog ihr Handy aus der Tasche. Na toll, die Batterie war alle.

Sie kramte in der Schublade nach einem Ladekabel und wurde schließlich fündig. Als sie es anschloss, sah sie auf dem Display, dass Bethany mehrmals versucht hatte anzurufen.

Sofort rief sie zurück.

»Hey«, sagte sie, als Beth gleich abnahm. »Wie ist es gelaufen? Konntest du schon mit Lisas Großmutter, äh … sprechen?«

»Abbey, Mensch, ich versuche dich schon die ganze Zeit zu erreichen«, antwortete Bethany.

»Ich weiß, meine Handy-Batterie war alle …«

»Penny konnte ich auch nicht erreichen, und ich habe mir Sorgen gemacht.«

»Wie, Penny konntest du nicht erreichen? Seid ihr nicht in Edinburgh?«

»Nein, ich warte schon den ganzen Vormittag, dass Penny hier auftaucht.«

Abbey rutschte das Herz in die Hose. Panisch drückte sie auf ihrem Handy herum, entdeckte aber nirgends eine Nachricht von Penny. Sie hatte sie definitiv nicht kontaktiert. »Lisa und Penny sind nie bei dir angekommen?«

»Nein!«

Mehrere Stunden und viele Telefonate später stand

Abbey mit Bethany in Elisabeth Grahams Wohnung in Edinburgh.

Fionna und ihre Junghexen suchten aktiv nach Penny und Lisa, die tatsächlich spurlos verschwunden waren.

Abbey hatte Beth abgeholt und war mit ihr nach Edinburgh gedüst, um in Mrs Grahams Wohnung einzubrechen und den Geist der alten Dame zu kontaktieren.

Wenn alles gut ging, würde sie bestätigen können, dass ihre Enkeltochter aus Fleisch und Blut war, dass es diese Schneekugel gab – und vielleicht sogar aufklären, was es damit auf sich hatte.

Laut Bethany standen die Chancen dafür nicht schlecht. »Normalerweise können wir nicht einfach davon ausgehen, dass Elisabeth Grahams Geist noch in unserer Welt weilt«, hatte sie erklärt. »Aber es ist der Abend vor Halloween. Wie du sicher weißt, ist der Schleier zwischen der Welt der Lebenden und der der Toten dann am dünnsten. Es ist einfacher, mit Geistern zu kommunizieren. Für mich mit meinem Talent sogar sehr einfach. Zu einfach. Ich bin eigentlich ganz froh, in meinem etwas abgeschiedenen Schloss zu leben … vor der Reise nach Tarbet hat es mir schon gegraut … Aber Edinburgh wird noch um einiges heftiger werden. Alle werden meine Aufmerksamkeit erhaschen wollen, um mir irgendetwas mitzuteilen. Wenn ich also nachher total konzentriert und in mich gekehrt bin, dann ist das der Grund.«

Seit ihrer Ankunft in Edinburgh sah Abbey Beth an, wie sie damit kämpfte. Sie hatte deshalb beschlossen, sie lieber nicht zu stören, und sie auch nicht angesprochen. Obwohl sie vor Neugierde schier platzte, wie es um Elisabeth Grahams Geist bestellt war.

Die Warterei war nervenaufreibend. Die Wohnung war völlig leer und frisch gestrichen. Es gab nichts, mit dem sie sich von den Grübeleien ablenken konnte, die sich in ihrem Kopf abspielten. Waren die Parallelen zu der Geschichte, die Fionna in ihrem Buch gefunden hatte, reiner Zufall? Penny war eine Kräuterhexe, wahrscheinlich wie die Mutter des beinahe ertrunkenen Jungen. War Lisas Geschichte tatsächlich ein bis ins kleinste Detail ausgeklügelter Plan, damit der Fuath Pennys Kräfte für sich beanspruchen konnte?

Wenn sie daran dachte, wie sich Lisa am Frühstückstisch verhalten hatte, konnte sie sich beim besten Willen nicht vorstellen, dass sie ein bösartiger Wassergeist war, der menschliche Emotionen einfach nur vorgaukelte. Dann mussten Fuathan die besten Schauspieler der Welt sein.

Andererseits fiel es Abbey schwer, immer noch ihrem ursprünglichen Instinkt zu vertrauen. Was für einen Grund sollte es geben, dass Penny und Lisa es nicht nach Oban geschafft hatten und einfach verschwunden waren? Und Lisas Geschichte ließ sich nicht überprüfen. Schlimmer noch, ihr angeblicher Arbeitgeber und ihre angeblichen Mitbewohner behaupteten, sie würden sie nicht kennen.

»Elisabeth Graham?« Bethanys laute Stimme mit dem amerikanischen Akzent riss Abbey aus ihrer Gedankenspirale.

Sie schnellte herum, um Beth anzuschauen. Die stellte sich gerade ihrem unsichtbaren Gegenüber vor. Der Geist, mit dem sie redete, war wohl tatsächlich Lisas Großmutter.

Abbeys Nackenhaare stellten sich auf und jeder Muskel in ihrem Körper spannte sich an.

»Wir sind gekommen, um mit Ihnen über Ihre Enkeltochter Lisa zu sprechen.«

Ungeduldig wartete Abbey auf die Übersetzung aus dem Jenseits. Aber Bethany war damit beschäftigt, die Verstorbene zu besänftigen.

»Nein, es ist alles in Ordnung mit ihr, machen Sie sich keine Sorgen …«

Ein bisschen Luft entwich aus Abbeys Lungen. Sie hatte gar nicht gemerkt, dass sie den Atem angehalten hatte.

Anscheinend gab es die Enkeltochter wirklich. Sie machte einen Schritt auf Beth zu und reichte ihr das Handy mit dem Foto von Lisa. »Ist sie das?«

Beth hielt der unsichtbaren Frau das Handy hin. »Das ist doch Lisa, richtig?«

Eine zentnerschwere Last fiel von Abbeys Herzen, als Beth ihr den Kopf zudrehte und lächelnd nickte. »Sie ist es.«

Gut, Lisa konnte kein Fuath sein. Aber wie ließ sich denn sonst alles erklären?

»Kann ich ihr Fragen stellen und sie antwortet dir?«, fragte Abbey ungeduldig. »Funktioniert das?«

Beth besprach es mit Lisas Oma und nickte dann.

»Lisa ist bei uns durch etwas mysteriöse Umstände aufgetaucht, Mrs Graham«, fing Abbey an. »Bei uns, das heißt, in Tarbet am Loch Lomond. Sagt Ihnen das was?«

Es dauerte etwas, bis Bethany für den Geist antwortete. »Lisas Taufgeschenk. Lisa bekam zur Taufe eine Schneekugel geschenkt. Diese sollte ihr zum 16. Geburtstag überreicht werden. Auf der Schneekugel stand Loch Lomond.«

Abbey schloss erleichtert für einen Moment die Augen. Die Schneekugel existierte.

»Wissen Sie mehr über die Kugel? Warum Lisa ausgerechnet eine Loch Lomond-Schneekugel bekommen sollte?«

Beth verneinte für Mrs Graham.

»Wer hat die Kugel Lisa denn überhaupt geschenkt?«, bohrte Abbey weiter nach.

Mrs Graham druckste wohl ein bisschen herum, denn Bethany versuchte, sie dazu zu überreden, mit der Antwort herauszurücken.

»Okay … äh …« Beth runzelte die Stirn. »Lisas Eltern haben sich so sehr ein Kind gewünscht. Nichts hat zum Erfolg geführt. Doch dann trafen sie jemanden, der ihnen den Wunsch erfüllt hat. Eine gute Fee.«

»Was?«, fragte Abbey verblüfft. »Wie … im Märchen?«

»Mrs Graham redet nicht gerne darüber. Weil sie auch erst nicht gut fand, dass Lisa Eltern darauf eingehen wollten. Es kam ihr zu schön vor, um wahr zu sein, und in alten Geschichten wurde vor so etwas gewarnt. Wie ein Pakt mit dem Teufel, richtig? Das Argument von Lisas Eltern war, dass sie ja nichts zu verlieren hatten. Entweder sie glaubten an ein solches Wunder und ihr Wunsch würde ihnen erfüllt. Oder nicht. Es war ihre letzte Chance. Und es war ja keine Bedingung an den Pakt geknüpft. Zumindest keine große. Nur diese Schneekugel, die sollte Lisa eben zu ihrem 16. Geburtstag erhalten. Warum, wussten sie auch nicht. Was konnte schon schlimm sein, an so einer Schneekugel? Aber trotzdem, nachdem Lisas Eltern gestorben waren, da konnte Mrs Graham es nicht über sich bringen, Lisa diese Kugel zu geben. Es war ihr einfach unwohl dabei. Sie hatte sich immer gefragt, ob mit Lisa irgendetwas nicht stimmte, weil ihre Existenz einem magischen Pakt zu verdanken war. Und als sie dann mit den Missbildungen geboren wurde …«

»Missbildungen?«, meinte Abbey erstaunt. Sie hatte nichts dergleichen an Lisa bemerkt.

Bethany wurde ein bisschen blasser. »Syndaktylie. Lisa wurde mit Schwimmhäuten zwischen Fingern und Zehen geboren.«

Abbey schluckte. »Also haben Sie Lisa die Kugel an ihrem 16. Geburtstag nicht gegeben, Mrs Graham?«

Bethany schüttelte den Kopf. »Nein, hat sie nicht. Sie hat es immer aufgeschoben und sie ihr nie gegeben.«

Abbey runzelte die Stirn. »Woher wussten die Grahams, dass die Frau eine Fee war? Ich meine, wie kamen sie an diese … Fee? Und hat Mrs Graham sie je gesehen?«

»Sie hat sich wohl bei den Grahams gemeldet und sich selber als gute Fee ausgegeben. Und, ja, sie war bei Lisas

Taufe. Komischerweise hat sie die Fee erst letztens wieder-gesehen. Sie war älter, aber sie hatte sie erkannt. Ganz kurz vor ihrem Tod. Sie kann sich nicht genau erinnern ...«

Beth wandte sich Abbey zu. »Das ist nicht ungewöhn-lich. Geister können sich oft nicht an die Umstände ihres Todes erinnern und was kurz davor passiert ist.«

»Wie sah sie denn aus?«, hakte Abbey ungeduldig nach.

»Eine ältere Frau«, gab Beth wieder, was Mrs Graham berichtete. Dann riss sie erschrocken die Augen auf. »Ein Großmutter-Typ mit grauem Dutt und Brille.«

Abbeys Augen weiteten sich ebenso.

Sie wusste, wer die angeblich gute Fee war.

Auf dem Weg zurück nach Tarbet saß Bethany am Steuer und Abbey telefonierte mit Fionna.

»Bitte sagt mir, dass ihr Penny und Lisa schon gefunden habt«, begann sie das Gespräch.

Leider musste die Oberhexe verneinen.

»Als unsere magischen Bemühungen, Penny zu orten, nicht viel brachten, hatte ich das untrügliche Gefühl, dass uns jemand auf ebenfalls magische Art und Weise davon abhalten will«, erzählte Fionna grimmig. »Dann haben wir uns gefragt, wer zu solchen Schutzzaubern fähig ist und diese so gezielt anwenden würde. Und warum. Tja, und als wir meine Mutter und andere Hexen nicht erreichen konn-ten, hatten wir bald unsere Antwort. Wir haben unsere Bestrebungen darauf verlegt, meine Mutter zu finden. Sie muss Penny und Lisa irgendwo auf dem Weg nach Oban abgefangen haben.«

Abbey schluckte. »Ja, Fionna, was deine Mutter angeht, hätte ich auch Neuigkeiten.« Sie berichtete, was Mrs Graham erzählt hatte. »Fionna, ich glaube, diese ... Fee ist deine Mutter.«

Für einen Moment herrschte Stille in der Leitung.

»Es sieht danach aus«, fand Fionna schließlich ihre Stimme wieder. »Aber ... sie hat doch solche Fähigkeiten gar nicht. Unfruchtbaren Paaren Kinder schenken? Und technisch gesehen ist die Schneekugel zwar ein verzauberter Gegenstand, aber selbst ich könnte mit den Kräften meines Vaters und allem, was ich gelernt habe, nicht dafür sorgen, dass sich jemand anderes ohne Zauberkräfte durch eine Schneekugel teleportiert.«

»Hmm«, meinte Abbey. »Das mit dem Kindherbeizaubern ist nicht so weit hergeholt. Vielleicht eine Zauberformel aus dem Buch ...«

Fionna wusste sehr wohl, welches Buch Abbey meinte. Das Buch mit teuflischen Rezepten, das viel mit Fionnas eigener Herkunft zu tun hatte und das Abbey vor ein paar Jahren nach Tarbet und zu den Hexen geführt hatte.

Fionna seufzte. »Alles ist möglich. Das mit der Kugel kann ich einfach nicht glauben. So mächtig ist meine Mutter nicht, sonst hätte sie ihre Macht schon längst ausgespielt. Aber lassen wir kurz das Wie und beschäftigen uns mit dem Warum.«

»Das kann ich mir auch nicht zusammenreimen«, gab Abbey zu. »Wenn ich diese Geschichte von Mrs Graham nicht gehört und jetzt einfach nur von dir erfahren hätte, dass deine Mutter Penny und Lisa gekidnappt hat ... das hätte mir irgendwie eingeleuchtet. Weil Rosa so überzeugt davon gewesen sein könnte, dass Lisa ein bösartiger Wassergeist ist und sie selbst es nicht mehr bis zur Halloween-Zeremonie abwarten konnte.«

»Und ich dachte, es ist etwas Politisches«, sagte Fionna mit düsterer Stimme. »Sie will mit dieser Wahnsinnsaktion ihre Position bei den älteren Hexen zementieren. Und vielleicht noch einige Junghexen auf ihre Seite ziehen. Tara habe ich seit gestern noch nicht wiedergesehen. Wenn sie den bösen Geist erfolgreich vertreibt, dann steht sie wie die

Heldin da. Und ich wirke dadurch inkompetent, weil ich nichts unternommen habe. Meine Mutter wartet schon auf so eine Gelegenheit, seit Mrs MacDonald mich zu ihrer Nachfolgerin erklärt hat. Sie ist immer noch der Meinung, dass sie den Titel Oberhexe verdient hätte.«

»Ja, das würde alles Sinn ergeben, aber jetzt sieht es so aus, als ob sie das schon seit Jahren von langer Hand geplant hat. Und sie weiß dann auch, dass Lisa kein Fuath ist. Sie hat sie ja praktisch selber hergebracht.«

»Ich verstehe es auch nicht. Wir können nur hoffen, dass wir meine Mutter bald finden, und damit auch Penny und Lisa. Dann klärt sich alles hoffentlich auf! Oh, warte mal, Abbey. Jem und Birdie sind gerade von einer Flugmission zurück. Es sieht so aus, als ob …« Abbey hörte Stimmengewirr im Hintergrund. »Ja, Abbey«, meldete sich Fionna aufgeregt. »Wir haben Rosa und die anderen Hexen gefunden. Penny und Lisa sind bei ihnen.«

»Gott sei Dank.« Abbey lehnte sich zurück und atmete erleichtert aus.

»Ja, aber wir müssen uns beeilen. Offensichtlich haben sie schon mit ihrer Zeremonie angefangen. So sah es für Jem und Birdie zumindest von oben aus.«

Abbey schaute aus dem Fenster. Die Sonne stand schon tief am Himmel. Die Halloween-Zeremonie hätte eigentlich direkt nach Einbruch der Dunkelheit stattfinden sollen.

»Wo sind sie denn?«

Fionna nannte ihr den Ort und Abbey gab ihn schnell in das GPS-System ein, um die Route zu ändern. Auf der Landkarte auf dem Bildschirm sah sie, dass der Ort noch unterhalb von Tarbet, am südlichen Loch Lomond lag.

»Wir kommen direkt dorthin, aber ihr seid wahrscheinlich vor uns da.«

»Okay, bis dann.«

Kaum hatte Abbey aufgelegt, klingelte ihr Telefon schon wieder. Bethany, die natürlich gerne wissen wollte, was los war, warf ihr einen frustrierten Blick zu. Aber als Abbey sah, wer sie versuchte zu erreichen, musste sie einfach abnehmen.

»Hallo, Chris.« Sie verzog dabei schuldbewusst das Gesicht. Sie hätte ihn wohl schon längst informieren sollen, dass seine Freundin verschwunden war. Offensichtlich hatte das eine der Hexen für sie übernommen.

»Ich habe eine etwas sonderbare Nachricht von Fionna auf dem AB. Penny ist verschwunden? Irgendwas mit einem Wassergeist?« Er klang mehr verärgert als besorgt. »Warum hast du mich nicht direkt auf dem Handy angerufen, Abbey?«

»Tut mir leid, Chris … es ist so viel passiert und ich hatte keine Zeit.«

»Mensch, Abbey. Ich schicke dich zu meiner Freundin, damit du dich erholen, mal deine Prioritäten ordnen und dich besinnen kannst, nach der Sache, die dich dein ganzes Geld und fast dein Leben gekostet hat. Und dann bringst du stattdessen meine Freundin in Gefahr, ziehst sie wieder in einen Fall rein, der in irgendeinem Grauen und wahrscheinlich brutaler Gewalt endet.«

»Jetzt mach mal halblang. Ich habe gar nicht …« Abbey wusste nicht, was sie sagen sollte, so empört war sie.

Chris seufzte. »Du bist eine gute Detektivin, Abbey. Aber du kennst keine Grenzen. Alles wird bei dir immer zum Kreuzzug. Du gehst bis zum Äußersten, ohne Rücksicht auf Verluste. Schlimm genug, wenn du damit dein eigenes Leben zerstörst, aber jetzt hast du Penny mit reingezogen.«

»Penny ist erwachsen und trifft ihre eigenen Entscheidungen. Mit dem Hexenbund bringt sie sich selber auch oft genug in brenzlige Situationen … und ich sehe jetzt auch wirklich nicht, weshalb genau das hier meine Schuld sein soll. Ich war zufällig zur Stelle, als eine junge Frau fast ertrunken ist. Für alles andere trage ich keine Verantwortung – im Gegenteil. Ich wollte Lisa nur helfen. Rosa Simmonds hat erst von der Wassergeist-Sache angefangen …«

»Ist gut, Abbey.« Chris klang ziemlich erschlagen. Wahrscheinlich war es momentan einfacher für ihn, sich zu ärgern als sich seine Angst um Penny einzugestehen.

»Hör zu, Fionna und die anderen haben Penny schon gefunden. Wir sind auf dem Weg dorthin. Es löst sich bestimmt bald alles auf.«

»Okay, sag Penny, dass sie mich sofort anrufen soll, wenn sich ihr die Gelegenheit bietet, ja?«

»Versprochen.«

Als sie aufgelegt hatte, forderte Bethany einen Bericht. »Also fahren wir jetzt zum Cameron House«, kam Abbey zum Schluss, »wohin Rosa und die anderen wohl Penny und Lisa entführt haben. Zu welchem Zweck wissen wir nicht.«

Bethany runzelte die Stirn. »Ich kann es mir auch nicht erklären.«

»Es ist doch bestimmt kein Zufall, dass heute Samhain ist. Kann es etwas mit der Zeremonie zu tun haben, die ihr geplant hattet? Die solltest du doch leiten, oder?«

Bethany schüttelte den Kopf. »Kann ich mir nicht vorstellen. Also, ich meine, die Hexen haben schon immer eine Samhain-Zeremonie abgehalten. Im Vergleich zu dem Horror, den man mit Halloween assoziiert, verlief die allerdings harmlos. Sie hatte nichts Gruseliges an sich. Samhain ist ein ganz besonderes Jahreszeitenwechselfest. Die Zeremonie hätte in einer Bucht in der Nähe von Tarbet stattfinden sollen, wo wir uns nach dem Grenzlauf mit Fackeln eingefunden hätten. In der Bucht sollten ein Altar mit Füllhorn und ein Lagerfeuer aufgebaut sein. Dort hätten wir ein einfaches Ritual zum Schutz der Einwohner, des Viehs und der Ernte abgehalten. Neu ist, dass ich jetzt noch mit Geistern kommuniziere. Das sollte dem Hexenbund andere

Perspektiven geben, vielleicht sogar zu Visionen oder Prophezeiungen führen.«

»Rosa will wohl ihr Ritual auch am Seeufer abhalten. Nur an einem anderen. Wieso eigentlich?«, überlegte Abbey laut. Sie dachte daran, dass der See ein Gewässer war – und konnte den Gedanken an Fuathan nicht abschütteln, obwohl Lisas wahre Geschichte ganz offensichtlich nichts mit den mythologischen Kreaturen tun hatte. War die Sache mit dem Wassergeist von Anfang an ein Ablenkungsmanöver gewesen?

Beths Überlegungen gingen in eine andere Richtung.

»Das Ufer, das See und Land voneinander trennt, ist einfach ein heiliger Ort. Genauso wie die Abenddämmerung eine heilige Zeit ist. Das gilt für alles, das *dazwischen* liegt. Türschwellen, Grenzen, Brücken. Und auch Samhain selbst. Zwischen Sommer und Winter. Zwischen der Welt der Lebenden und der Toten. Samhain ist ganz und gar *dazwischen*: zwischen allen Zeiten. Die Grenzen zwischen Vergangenheit, Gegenwart und Zukunft sind aufgehoben. Ich weiß nicht genau, warum Rosa Samhain für ihr Ritual ausgesucht hat, was immer das auch bezwecken soll. Aber der Halloween-Nacht wohnt eine unheimliche kosmische Macht inne. Wenn sie sich die zunutze machen kann … Dann können wir einfach nur hoffen, dass es nicht für etwas Böses ist.«

Abbey sagte nichts. Aber leider konnte sie sich Rosa Simmonds gar nicht in der Rolle der guten Fee vorstellen. Als böse Fee hingegen … sehr wohl!

Das Cameron House war bis vor Kurzem ein beliebtes Luxus-Hotel mit schottisch-rustikalem Charme gewesen. Vor ein paar Jahren waren dort bei einem Feuer Menschen ums Leben gekommen. Und es war noch nicht allzu lange her, dass ein verheerender Tsunami auf dem Loch Lomond die ganze Gegend um Balloch überschwemmt hatte. Und dabei gab es ebenfalls Tote im Cameron House. Das Hotel war noch nicht wieder restauriert worden.

Es hieß, ein Fluch laste auf dem Hotel.

Ein perfekter Ort für Rosa Simmonds und ihren perfiden Plan – was immer er auch war.

Als Abbey und Beth vor dem beeindruckenden Gebäude aus grauem Stein mit den vielen Türmchen und Spitzgiebeln parkten, sahen sie nur die Autos der anderen Hexen.

Sonst war keine Menschenseele zu entdecken. Aber das Gebäude und das umliegende Gelände waren groß.

»Wo sollen wir suchen?«, fragte Bethany.

»Gehen wir hinten herum, ans Seeufer. Das ist doch der wahrscheinlichste Ort für das Ritual, nach dem, was du über Samhain erzählt hast. Und wenn Rosa vorhat, sich an diese Fuath-Geschichte zu halten, dann will sie wohl am Wasser sein, damit Lisa … wieder in den See geht.«

Als sie den Gedanken laut aussprach, beschleunigte Abbey ihre Schritte.

Und hinter dem Hotel sahen sie tatsächlich Gestalten in der Ferne, am Ufer des Sees. Abbey und Bethany liefen auf sie zu.

Doch als sie einen Hügel des ehemaligen Golfplatzes überwunden hatten, kamen beide abrupt zum Halt. Die Szene, die sich ihnen dort bot, sah aus wie ein Gemälde. Gerade ging die Sonne über dem See unter und tauchte das Geschehen in ein unheimliches rotes Licht. Die flackernden Flammen eines Lagerfeuers taten ihr Übriges.

Die älteren Hexen und Tara hatten alle ihre Gesichter schwarz angemalt. Sie standen in einer Reihe und ihnen gegenüber die Junghexen Fionna, Andie, Jem und Birdie sowie drei Frauen mittleren Alters. Abbey hatte sie schon gesehen, glaubte sogar, dass eine davon Birdies Mutter war. Obwohl die Fraktion um Rosa Simmonds zahlenmäßig größer war, hielten Fionna und ihre Begleiterinnen deren magischer Kraft stand.

Abbey vermutete zumindest, dass zwei gegeneinander wirkende magische Kraftfelder dafür verantwortlich waren, dass sich die Hexen konzentriert, aber fast bewegungslos in Kampfpositionen gegenüberstanden. Aufseiten der Junghexen konnte man ein Energiefeld zumindest identifizieren: der Wind, den Jem produzierte, und dem die älteren Hexen Widerstand entgegensetzten.

Abbey ging davon aus, dass auch Fionna eine Form der Energie produzierte, auch wenn diese nicht sichtbar war wie die von Jem. Die Oberhexe konnte Gegenstände verzaubern, hatte aber bei ihrem Vater auch Unterricht in Elementarmagie gehabt.

Worüber Abbey sich wunderte, war, dass Rosa Simmonds anscheinend Zauberkräfte besaß, die sich mit denen ihrer Tochter messen konnten. Solche Fähigkeiten sollte sie eigentlich nicht haben. Aber wenn sie sie besaß, dann vielleicht auch jene, die Mrs Graham der guten Fee zugeschrieben hatte. Abbey konnte sich einfach nicht vorstellen, dass Rosa diese Kräfte all die Jahre geheim gehalten hatte. Irgendetwas stimmte hier nicht.

Abbey dachte fieberhaft nach, während sie und Beth auf die anderen zugingen. Sie wusste nicht, was Rosa genau vorhatte, aber die anderen Hexen mussten wohl auf ihre Fuath-Geschichte reingefallen sein und deshalb auf ihrer Seite kämpfen. Vielleicht konnte sie sie erreichen. Oder zumindest ablenken.

Denn hinter den älteren Hexen, neben dem Lagerfeuer, hatte sie Penny auf der einen und Lisa auf der anderen Seite entdeckt. Sie waren gefesselt und bewegten sich nicht. Beth hatte sie auch gesehen und war schon fast bei Penny angelangt.

»Lisa ist kein Fuath«, rief Abbey so laut sie konnte. »Sie ist ein ganz normaler Mensch.«

»Abbey, halt dich da raus«, schrie Tara. Trotzdem verschluckte der Wind beinahe ihre Worte. »Es geht dich nichts an.«

»Das werde ich nicht. Und es geht mich sehr wohl etwas an«, schrie Abbey empört zurück. »Ich habe Lisa vorm Ertrinken gerettet. Und ich werde nicht zulassen, dass ihr mit eurem abergläubischen Blödsinn dafür sorgt, dass sie doch noch im Loch Lomond stirbt. Lisa ist ein Mensch!«, wiederholte sie.

Bevor andere Hexen darauf reagieren konnten, drehte Rosa sich blitzschnell um und packte sich Lisa.

Die Junghexen wurden ohne den Gegendruck vom Rückschlag ihrer eigenen Kräfte nach hinten geworfen. Als sie sich wieder aufrappelten, hatte Rosa schon das Messer an Lisas Kehle gesetzt.

Die junge Frau schrie hysterisch auf. Als Rosa ihr etwas ins Ohr raunte, fing sie an zu wimmern.

Mittlerweile hatte Beth Penny befreit und half der offensichtlich geschwächten Kräuterhexe aus der Kampfzone. Sie stellten sich hinter Abbey.

»Ihr bleibt weg von ihr«, rief Rosa. »Bald ist es so weit. Lisa ist für das, was ihr gleich widerfahren wird, bestimmt. Ihr könnt es nicht aufhalten. Und wenn euch euer Leben lieb ist, dann verschwindet ihr einfach von hier. Wir haben uns mit Ritualen vorbereitet und unsere Gesichter geschwärzt. Ihr seid nicht vor den Geistern geschützt. Ihr solltet besser gehen.«

»Du bluffst doch.« Alles, was Abbey tun konnte, war Rosa in ein Gespräch zu verwickeln und Schlimmeres hinauszuzögern. »Deine eigene Tochter ist hier. Du würdest ihr Leben nicht aufs Spiel setzen.«

Fionna stand mit hocherhobenem Kopf neben ihren Junghexen, doch etwas in ihrer Haltung sagte Abbey, dass sie durchaus nicht einfach wegsteckte, was ihre Mutter tat und sagte.

»Sie ist nicht mehr meine Tochter, seit sie mir genommen hat, auf das ich mein Leben lang hingearbeitet habe. Ich sollte die Oberhexe sein. Nach Marys Tod stand *mir* diese Rolle zu. Es ist nicht fair.« Sie spuckte die Worte fast aus. »Und jetzt muss ich selbst dafür sorgen, dass ich bekomme, was mir gebührt. Gut, dass ich vor vielen Jahren klugerweise eine Art Versicherung für diesen Zweck abgeschlossen habe …«

Der Himmel verdunkelte sich plötzlich.

Abbey blieb der Schrei im Halse stecken, als eine riesige Kreatur aus dem Loch Lomond aufstieg und einen Schatten auf das Feuer und die Frauen warf.

Einige der Hexen kreischten, andere liefen weg.

Die Kreatur hielt sie davon ab. Mit riesigen grünen Pranken schnappte er Tara und eine ältere Hexe und schleuderte sie durch die Luft. Sie blieben irgendwo hinter den Hügeln des Golfplatzes liegen.

Abbey konnte ihnen keine Aufmerksamkeit schenken, denn ihr Blick hing an dem riesigen Untier – dem Fuath. Er hatte schwarze Glubschaugen und zwei kleine Löcher, wo eine Nase sein sollte. Sein grüner Körper war teils bedeckt mit langen gelben Haaren. Der mit Stacheln besetzte Schwanz peitschte über das Ufer des Lochs und riss ein paar weitere der älteren Hexen mit sich.

Die Zauber und die angemalten Gesichter schienen ihnen keinen Schutz zu bieten.

Fionna und ihre Gruppe waren gemeinsam ganz langsam zurückgewichen, bis sie bei Abbey, Beth und Penny standen.

Ihnen gegenüber befanden sich jetzt nur noch Rosa und Lisa.

Rosa drehte sich langsam zur Kreatur um, das Messer immer noch an Lisas Kehle gepresst.

»Ich bringe dir deine Braut, wie ich es versprochen habe«, rief sie dem Fuath zu.

Fionna raunte der Wetterhexe Jem neben ihr zu: »Jem. Die Sonne. Kannst du die untergegangene Sonne wieder zurückholen?«

Jem starrte Fionna erstaunt an. »Wa … was?«

Abbey verstand, was Fionna von Jem wollte. »Der Fuath kann durch Sonnenlicht getötet werden.«

»Nein, ich …« Jem schüttelte den Kopf. »Es tut mir leid. So etwas habe ich noch nie gemacht. Vielleicht mit Vorbereitung, mit Zaubersprüchen, aber einfach so …« Sie hatte Tränen in den Augen.

»Versuch es einfach«, redete Fionna ihr gut zu. »Ich probiere etwas anderes.«

Ihr Blick fokussierte sich auf das Messer an Lisas Kehle.

Nein, es war ein Dolch, merkte Abbey jetzt. Rosa war etwas zurückgewichen – offensichtlich hatte auch sie Respekt vor der Kreatur.

»Was hast du vor?«, flüsterte Abbey Fionna zu.

»Ich kann dafür sorgen, dass der Dolch eiskalt wird«, erklärte die Oberhexe. »So kalt, dass meine Mutter ihn nicht mehr halten kann. Aber ich muss mich konzentrieren«, keuchte sie vor Anstrengung. »Jemand muss dafür sorgen, dass der Fuath mit dem kalten Stahl des Dolches vertrieben wird und Lisa entkommen kann.«

Abbey nickte. Sie sah zu den anderen Hexen hinüber. Sie hielten sich alle an der Hand. Jem konzentrierte sich auf die Sonne, aber die anderen hatten die Augen geschlossen und murmelten etwas vor sich hin. Offensichtlich versuchten sie, Jem mit ihren Kräften zu unterstützen.

Sie war die Einzige, die dafür infrage kam, Lisa den rettenden Hinweis zuzurufen – aber sie musste den richtigen Moment abpassen, damit Rosa nicht zu früh gewarnt war.

Ein tiefes Grollen entwich der Kehle des Monsters.

Rosa schien den Befehl verstanden zu haben, denn sie ging nun wieder auf den Fuath zu. Und schob Lisa mit sich.

Abbeys Blick schnellte zwischen dem Dolch an Lisas Hals und Fionna hin und her. Würde die Oberhexe ihr ein Zeichen geben?

Ihr ganzer Körper war angespannt und ihr Mund war ganz trocken.

Fionna machte eine kaum merkliche Handbewegung.

»Lisa!«, brüllte Abbey im selben Augenblick, in dem Rosa laut aufkreischte und den Dolch losließ. »Kalter Stahl tötet den Fuath!«

Lisa ließ sich geistesgegenwärtig fallen und griff nach dem Dolch. Entweder spürte sie die Kälte nicht oder er war nicht beißend kalt. In jedem Fall krallten sich ihre Finger um den Griff.

Bevor sie damit aufstehen konnte, kamen die gigantischen Arme des Fuath von oben und schnappten sich Lisa.

In dem Moment schaffte es ein einzelner Sonnenstrahl aus der versunkenen Sonne an die Oberfläche und traf den Fuath im Rücken.

Jem hatte es geschafft! Die Wetterhexe sank erschöpft zu Boden. Der Sonnenstrahl verschwand wieder, aber er hatte seinen Zweck erfüllt.

Die gelbe Mähne des Fuath hatte Feuer gefangen. Die Kreatur schoss herum, Lisa immer noch an sich gepresst.

Wenn Lisa ihm doch jetzt den Dolch ins Herz rammen würde, dachte Abbey verzweifelt. »Der Dolch!«, schrie sie, so laut sie konnte, aber es war zu spät.

Der Fuath schüttelte sich und brüllte wie ein tasmanischer Teufel. Wie ein Bulldozer rannte er Rosa über den Haufen, die leblos liegen blieb. Dann sprang er in den See.

Und nahm Lisa mit sich.

Die Hexen starrten ihm nach. Er tauchte nicht wieder auf.

»Kümmern wir uns um die Toten und Verletzten«, befahl Fionna. Abbey erstaunte es, dass die Oberhexe trotz des persönlichen Verlustes so besonnen klang. Sie selber war noch wie erstarrt. Aber die nächsten Worte aus Fionnas Mund sorgten dafür, dass sie sich bewegte. "Wir wollen alle zu den Autos bringen, damit wir so schnell wie möglich hier wegkommen."

Abbey erinnerte sich daran, wo Tara gelandet war, und lief zu ihr. Sie war verletzt, aber bei Bewusstsein. Ihr Zustand schien nicht lebensbedrohlich zu sein. Abbey gab den anderen ein Zeichen, dass Tara warten konnte. Dann saß sie bei ihr, um auf jemanden zu warten, der ihr helfen würde, Tara zum Auto zu tragen.

Es war vielleicht nicht der richtige Zeitpunkt, aber Abbey konnte sich nicht zurückhalten, die Fragen zu stellen, die ihr auf der Seele brannten.

»Warum warst du auf Rosas Seite? Wusstest du von dem Pakt mit den Grahams? Von dem Fuath?«

»Die Abmachung ist nicht mit den Grahams geschlossen worden«, krächzte Tara und verzog das Gesicht. Das Reden strengte sie an, aber sie ließ es trotzdem nicht bleiben. »Es war ein Pakt mit dem Fuath. Rosa sollte dafür sorgen, dass die Grahams ein Kind bekommen … mit ganz besonderen Eigenschaften.« Abbey dachte an die Schwimmhäute und ihr Magen drehte sich um. »Dann verzauberte sie mit seiner Hilfe die Schneekugel. So sollte die Braut des Fuath zu ihm kommen, sobald sie alt genug war.«

»Die Braut … des Fuath«, flüsterte Abbey.

Tara nickte.

»Wenn Rosa ihm endlich seine Braut überbrachte, dann sollte sie als Dank große Macht bekommen. Lisas Oma hat ihr die Kugel aber nicht gegeben. Schließlich wurde Rosa ungeduldig und hat nachgeholfen«, schlussfolgerte Abbey. »Und du wusstest davon? Warum hast du mitgemacht?«

Tara sah sie traurig an. »Du weißt nicht, wie es ist, eine solche Gabe zu haben. Gabe … ha!« Sie lachte bitter, doch daraus wurde ein offensichtlich schmerzhaftes Husten. »Ein Fluch ist es eher. Und die Junghexen, die unterstützen sich gegenseitig mit ihren wundervollen Gaben, und ich dachte für kurze Zeit, ich kann dazugehören. Aber sie wollen mich nicht dabei haben. Sie mögen mich nicht.« Abbey wollte etwas sagen, aber Tara winkte ab. »Ich wollte weg von hier. Irgendwo neu anfangen. Rosa hat mir versprochen, dass der Fuath mich von meinen magischen Kräften erlösen kann.«

Abbey starrte sie ungläubig an.

»Und du hast diesem verrückten Plan zugestimmt, obwohl du den Preis kanntest?«

Tränen sammelten sich in Taras Augen. »Rosa hat gesagt, Lisa sei sowieso verdammt. Sie war ja nur geboren worden, um einmal als Braut des Fuath zu enden.«

Abbey schüttelte vehement den Kopf. »Niemand ist verdammt. Und ich glaube, dass Lisa stark genug ist, irgendwann dem Fuath zu entkommen. Ihrem Schicksal zu entkommen. Ich glaube an sie. Sie hat den Dolch mitgenommen.«

»Du meinst …« Tara verengte die Augen. »Du meinst, dass sie irgendwo da unten im See noch … lebt?«

Abbey schaute zu der jetzt im Dunkeln liegenden, trügerisch ruhigen Oberfläche des Lochs hinüber. »Wer weiß. An Samhain ist alles möglich.«

ABBEY STAND VOR DER TÜR DES HAUSES IN DER

Brightoner Cowper Street, in dem Lisa gewohnt hatte. Sie hatte schon mehrere Male erfolglos geklingelt.

Sie schaute sich um, aber niemand war auf der Straße zu sehen. Abbey zog den kleinen Dietrich, den sie immer bei sich trug, aus der Tasche und machte sich ans Werk. Das billige Türschloss war schnell geknackt. Das Haus war dunkel und es roch muffig. Sie wagte ein paar Schritte hinein – von den Bewohnern keine Spur.

Vorsichtig ging sie auf leisen Sohlen weiter. Die Tür zum Wohnzimmer stand halb offen. Ein paar Gestalten lagen schnarchend auf dem Sofa und auf dem Fußboden. Abbey schlich an ihnen vorbei, die Treppe hoch.

Sie verzog das Gesicht, als eine Treppenstufe knarzte, wartete gespannt und horchte. Doch niemand hatte sie bemerkt.

Leise ging sie weiter. Die Tür zum Bad im ersten Stock war geöffnet, zwei weitere Türen zu anderen Räumen lediglich angelehnt. Sie drückte eine von ihnen langsam einen Spalt breit auf. Aus dem Zimmer drang keinerlei Geräusch. Abbey steckte den Kopf durch den Türspalt. Im Zimmer stank es nach Cannabis und schimmeligen Essensresten. Es war niemand zu sehen. Männerklamotten waren auf dem Fußboden verstreut.

Abbey trat den Rückzug an und wagte es, die Tür zum anderen Zimmer ebenfalls aufzumachen. Dieses Zimmer war in ein komplettes Chaos gestürzt worden. Es war nicht einfach nur unaufgeräumt: Jemand hatte es verwüstet. Der Einrichtung und der Kleidung nach zu urteilen, wohnte darin eine Frau.

Abbey ging hinein und machte die Tür hinter sich zu. Sie war sich sicher, dass es Lisas Zimmer sein musste. Vorsichtig bahnte sie sich ihren Weg zum Bett. Darauf waren viele Sachen verstreut und sie schob ein paar zur Seite.

Da lag sie.

Die Schneekugel.

Abbey hielt den Atem an. Sie streckte die Hand danach aus.

Und zog sie wieder zurück. *Noch nicht.*

Zuerst musste sie noch etwas anderes finden.

Es dauerte eine Weile, bis sie das Portemonnaie unter einem Haufen Klamotten ausgrub. Es war kein Geld darin. Abbey hatte die Vermutung, dass die Mitbewohner Abbeys Zimmer durchsucht hatten, um Wertgegenstände zu finden und zu verschachern. Wahrscheinlich war man auf den Gedanken gekommen, sich Lisas Wertsachen anzueignen, als Abbey am Telefon gesagt hatte, Lisa sei verschwunden.

Das war zumindest Abbeys Theorie. Die, die sie zu Lisas Arbeitgeber gehabt hatte, hatte sich schon bestätigt. Der Besitzer des Café *Aubergine* hatte behauptet, dass eine Lisa Graham nicht bei ihm angestellt war, weil sie an dem Tag nicht zur Arbeit erschienen war. »Bei den vielen unzuverlässigen Studenten hier habe ich gelernt, kurzen Prozess zu machen«, hatte er ihr erklärt, als sie vorhin beim *Aubergine* vorbeigegangen war. »Wenn jemand nicht zur Arbeit kommt, ist er seinen Job los.«

Ein weiterer Teil von Lisas Geschichte, der sich bestätigen ließ.

Natürlich hätte Abbey sich schon längst mit dem zufriedengeben können, was sie über Lisa Graham in Erfahrung brachte. Das Mädchen hatte offensichtlich die Wahrheit gesagt.

Und Abbey hatte gar nicht mehr die Aufgabe, Lisas Lebensgeschichte zu überprüfen. Die Hexen, die sich mit dem Tod von Rosa und zwei weiteren Schwestern im Bunde auseinandersetzen mussten, hatten diesen Anspruch ganz sicher nicht. Aber es nagte an Abbey, dass sich nicht alle Puzzleteile nahtlos hatten zusammenfügen lassen. Sie hätte die Geschichte ruhen lassen können, aber wieder einmal musste sie ihren Fall zum bitteren

Ende bringen. Es war das Gefühl, dass sie es Lisa schuldete.

So war sie nach Brighton gekommen, um die letzten Beweise zu finden.

Abbey zog die Karten aus dem Portemonnaie, die in den Fächern steckten. Da waren sie: Lisas Pass und ihr alter Studentenausweis. Beide mit Fotos, die eindeutig die junge Frau abbildeten, die im Loch Lomond aufgetaucht war.

Abbey ließ das Portemonnaie fallen und steckte die Ausweise ein. Es gab niemanden mehr, den Lisas Tod überhaupt interessierte. Sie hatte keine Familie, die um sie trauerte, keine Freunde. Abbey würde die Ausweise zur Erinnerung aufbewahren.

Und die Schneekugel.

Sie drehte sich um und nahm vorsichtig die Kugel vom Bett.

Tatsächlich. Darauf abgebildet war ein verschneiter Loch Lomond.

Die Landschaft im Innern der Kugel war wunderschön und sehr kunstfertig gearbeitet.

Fasziniert betrachtete Abbey sie genauer. Es war alles so detailgetreu – das Häuschen, die verschneiten Bäume, die schneebedeckten Gipfel dahinter.

Der See.

Man hätte sich fast an seinem Ufer wähnen können.

Abbey wurde etwas schwummerig. Die Kugel verschwamm vor ihren Augen. Sie hätte schwören können, die Wasseroberfläche des »Sees« bewegte sich. Wie magisch davon angezogen, beugte sie sich weiter vor.

Plötzlich wurde es dunkel und ganz kalt.

Teuflisch kalt.

3

SAMHAIN: DAS WECHSELKIND

Das Ziehen im Unterbauch ließ nach und Posey atmete tief ein und aus. Die Schmerzen verschwanden so schnell, wie sie gekommen waren, aber sie traute der Sache nicht und hielt sich immer noch an dem Holzbalken im Wohnzimmer ihres kleinen Cottage fest. Jetzt konnte sie es wirklich nicht mehr verleugnen. Es ging los.

Posey schaute mit Bedauern zum Couchtisch hinüber, auf dem viele Leckereien aufgereiht waren und ein Stapel DVDs lag. Es waren keine Filme dabei, die ihr wirklich Albträume verursachen würden. Diesmal hatte sie sich für ein paar, wie sie fand, harmlose und amüsante Horrorklassiker entschieden: Fright Night, Rosemaries Baby, Tanz der Vampire. Ein traditioneller Halloween-Abend hatte in ihrer Heimat − der Kleinstadt in Connecticut, in der sie aufgewachsen war − anders ausgesehen. Ihre Familie war dagewesen und dauernd hatten verkleidete Kinder an der Tür geklingelt, die Süßes oder Saures riefen. Hier, allein in diesem Cottage, inmitten im Nirgendwo an der irischen Westküste, verzichtete sie lieber auf Chucky, Jason, Freddy & Co. Aber gerade weil sie allein und Halloween immer einer ihrer Lieblingsfeiertage gewesen war, hatte sie nicht gänzlich darauf verzichten wollen. Den ganzen Tag über hatte sie schon in der Küche gestanden und Marshmallow-Gespenster, Karamelläpfel, alkoholfreien roten Punsch mit »Augenbällen«, sprich Litschis, Würstchen in Form von abgehackten Fingern, Kürbis-Friedhofskuchen und viele weitere schaurige Köstlichkeiten zubereitet, die sie mit Halloween verband. Dabei hatte sie die Schmerzen im Rücken auf das viele Stehen und Herumwerkeln in der Küche geschoben. Sie hatte nicht wahrhaben wollen, dass es jetzt schon losgehen könnte, wo doch Ian noch in Dublin war.

Heute war sein letzter Arbeitstag – dann hätte er erst einmal einen ganzen Monat frei, bis er seine neue Arbeitsstelle hier, in Ballyconneely, antreten würde. Statt für die paar Wochen, die seit ihrer Hochzeit in den USA und Poseys Auswanderung nach Irland vergangen waren, noch in Dublin zu wohnen, war sie gleich an die Westküste in das wunderbare, heimelige, wenn auch abgeschiedene Cottage gezogen und hatte sich hier eingerichtet.

Der Nachteil war natürlich, dass sie ihren frischgebackenen Ehemann nur am Wochenende gesehen hatte. Aber es war ihr wichtiger gewesen, ein Heim für das Baby herzurichten. Und mit dem Neugeborenen hätten sie dann einige Wochen nur für sich. So war der Plan gewesen und Ians neue Arbeitssituation somit eigentlich ideal. Nur hatten sie dabei nicht bedacht, oder nicht bedenken wollen, dass das Baby sich früher als geplant ankündigte. Der Entbindungstermin war noch mehr als eine Woche entfernt.

Posey seufzte noch einmal tief und griff zum Telefon. Es klingelte ein paar Mal, bis Ian an sein Handy ging.

»Hallo?«

»Ian? Ich kann dich kaum verstehen.«

»Warte … es ist sehr laut hier … ich gehe nach draußen und ruf dich zurück.«

Beim tut, tut, tut der toten Leitung krampfte sich Poseys Magen zusammen. Das war noch keine neue Wehe, sondern nur ein ungutes Gefühl. Beunruhigt starrte sie aus dem Fenster auf den Hügel neben dem Haus. Síd – einen Feenhügel nannte man ihn; so hatte es die nette Dame erklärt, die ihnen das Cottage verkauft hatte. Angeblich war der Hügel ein Portal in die Welt der Feen, oder Sídhe. Am helllichten Tag, Ians warme Hand in ihrer, hatte sie die Geschichte charmant gefunden. Jetzt, wo der Mond sein fahles Licht auf den einsamen Hügel warf, war ihr mulmig zumute. Sie ärgerte sich, dass sie die Vorhänge noch nicht fertiggenäht hatte – der Bezug für den Stubenwagen war ihr wichtiger vorgekommen –, und zuckte zusammen, als das Telefon klingelte.

»Tut mir leid, in diesem Pub ist es laut. Meine Kollegen haben mich zum Abschied auf ein, zwei Bier eingeladen. Na ja …«, Ian räusperte sich, »um ehrlich zu sein, sind wir schon seit vier Uhr hier. Vielleicht waren es ein paar Bier mehr. Alles klar bei dir?«

»Ian, es geht los.« Jetzt, wo sie es laut aussprach, machte sich Panik in ihr breit.

»Was?«

»Die Wehen haben angefangen.« Tränen schossen ihr in die Augen. Es konnte doch nicht wahr sein, dass sie das Baby allein, ohne ihren Mann, bekommen würde. Ihre Familie war weit weg und Freundschaften hatte sie hier auch noch nicht geschlossen. Niemand Vertrautes würde bei der Geburt an ihrer Seite sein. So hatte Posey sich das nicht vorgestellt!

»Äh … Mist.« Sie hörte, wie Ian tief Luft holte. Er wusste auch nicht, was jetzt zu tun war. Irgendwie hatte sie sich darauf verlassen. Er war sonst immer derjenige, der mit großem Selbstvertrauen an die Sachen heranging. Als sie nach einigen Monaten Fernbeziehung voller Schrecken festgestellt hatte, dass sie schwanger war, war er kurzerhand in den Flieger gestiegen und innerhalb kürzester Zeit bei ihr gewesen. Er hatte ihre Hände in seine genommen und gesagt: »Posey, ich liebe dich. Natürlich war das hier nicht geplant, aber ob es jetzt passiert oder in drei Jahren macht eigentlich auch keinen Unterschied. Ich wusste schon nach ein paar Wochen, bevor mein Urlaub hier vorbei war, dass ich den Rest meines Lebens mit dir verbringen und eine Familie mit dir gründen möchte. Heirate mich, ziehe zu mir nach Irland. Egal, wie schwierig die Umstände erscheinen, das kriegen wir gemeinsam hin.«

Und sie hatten es hingekriegt. Er hatte die Dinge in die Hand genommen und formell bei ihrem Vater um ihre Hand angehalten – obwohl der nicht so besonders erfreut darüber gewesen war, dass seine zwanzigjährige Tochter das College abbrechen würde. Ian hatte sich um einen neuen Job auf dem Land bemüht, wo er es sich leisten konnte, für seine Familie ein ganzes Cottage zu mieten anstatt einer winzigen Stadtwohnung. Ja, dafür hatten sie in diese wirklich abgelegene Gegend ziehen müssen, aber es war ihnen bislang alles eher wie ein Abenteuer erschienen. Alle möglichen Schwierigkeiten hatten sie optimistisch abgetan.

»Ian?«, fragte Posey jetzt ängstlich, als er immer noch nicht geantwortet hatte.

»Okay«, antwortete er energisch. »Keine Panik. Hast du die Hebamme schon angerufen?« Endlich war er wieder der pragmatische Ian, den sie kannte. Posey atmete erleichtert aus. »Nein. Ich weiß gar nicht die Nummer, hast du die? Wir wollten sie doch am Montag besuchen, zum Kennenlernen …«

»Ich hab die Nummer in meinem Handy eingespeichert, ich ruf sie gleich an. Versuch dich einfach an das zu erinnern, was du daheim im Geburtsvorbereitungskurs gelernt hast. Und bevor du dichs versiehst, wird die Hebamme da sein, keine Sorge.«

Posey wischte sich eine Träne weg, die ihr über die Wange lief. »Fährst du sofort los?« Ihre Stimme zitterte. »Vielleicht schaffst du es sogar …«

»Liebling«, unterbrach Ian sie. »Ich habe zwar das Gefühl, dass mich die Nachricht schlagartig nüchtern gemacht hat, aber ich habe viel zu viel getrunken, um gleich losfahren zu können. Ich trinke jetzt ein paar Tassen Kaffee und komm zu dir, sobald ich mich dazu imstande fühle, okay?«

Jetzt konnte sie die Tränen nicht mehr aufhalten. »Okay.«

»Ich liebe dich.«

»Ich dich auch.«

Ian versicherte ihr noch einmal, dass die Hebamme bestimmt schnell da sein würde. Gerade als Ian aufgelegt hatte, wurde sie von einer schmerzhaften Wehe heimgesucht und sie ließ das Telefon auf den gekachelten Fußboden fallen. Es brach auseinander, aber in dem Augenblick konnte sie sich nicht darum kümmern.

Als sie schließlich wieder in der Lage war, sich zu bücken und es aufzuheben, ging es nicht wieder an. Sie ärgerte sich über ihre eigene Ungeschicktheit und ging ins Schlafzimmer, wo ihr Handy lag. Da sie hier in Ballyconneely bislang nur oberflächliche Bekanntschaften geschlossen hatte und mit Ian und ihrer Familie und Freunden in den USA über das Festnetz telefonierte, benutzte sie es kaum und vergaß oft, es aufzuladen. Auch jetzt war der Akku leer. Posey steckte das Ladekabel ein. Es dauerte ja nicht lange, bis sie es wieder einschalten konnte, und Ian würde sicher auf die Idee kommen, sie auf dem Handy anzurufen, wenn er sie über die Festnetznummer nicht erreichen konnte, beruhigte sie sich.

Wo sie schon einmal in dem kleinen Schlafzimmer mit

den weißgetünchten Wänden stand, konnte sie auch gerade das schöne Himmelbett für die Geburt herrichten, so wie sie es im Kurs gelernt hatte. Danach ging sie in die Küche, um heißes Wasser aufzusetzen.

Während sie wartete, ging ihr Blick wieder aus dem Fenster auf den Feenhügel. Posey wäre wohl vor Schreck zusammengezuckt, wenn sie nicht genau in dem Moment eine Schmerzwelle überrollt hätte. Sie stieß einen spitzen Schrei aus und krallte sich am Fensterbrett fest.

Auf dem Hügel stand eine Frau. Posey hätte schwören können, dass sie aus dem Nichts erschienen war. Ihre langen roten Haare wehten im Wind und sie starrte zum Cottage rüber. Sie war wunderschön und recht jung. Posey kniff die Augen zusammen und versuchte, sich darauf zu konzentrieren, ihre Wehe zu veratmen.

Als sie die Augen wieder aufmachte, war die Frau verschwunden. Posey blinzelte, kam aber gar nicht dazu, sich zu fragen, ob sie sich das alles nur eingebildet hatte, weil es laut an der Tür klopfte.

Sie wirbelte erschrocken herum. Der Kessel auf dem Herd gab einen schrillen Pfeifton von sich, der ihr ängstliches »Wer ist da?« übertönte.

Bevor Posey sich nochmals erkundigen konnte, wer klopfte, schwang die Tür auf. Ein heftiger Windstoß gelangte ins Cottage und blies die Kerzen aus, die sie in ausgehöhlte Kürbisse gestellt hatte. Dennoch war die gedimmte Beleuchtung im Cottage noch hell genug, sodass sie die Umrisse der Figur sehen konnte, die draußen im Dunkeln vor der Tür stand. Es waren die Umrisse einer schlanken Frau mit langen Haaren.

»Sie müssen Posey sein.«

Als die Frau durch die Tür kam, schien sie auf einmal nicht mehr groß und schlank, sondern eher kräftig und untersetzt. Ihr Haar war lang, aber lockig und silbrig-grau. Die Frau lächelte sie an und feine Fältchen bildeten sich um ihre Augen. Sie war mindestens fünfzig und hatte keine Ähnlichkeit mit der rothaarigen Schönheit, die gerade draußen auf dem Hügel gestanden hatte.

Posey schüttelte benommen den Kopf.

»Nein?« Die Frau zog verwirrt die Brauen zusammen und fuhr in breitem irischen Westküstendialekt fort: »Man sagte mir, ich soll ins Cois Cnoic Cottage kommen. Sie sind nicht Ian Simmonds Frau?«

»Doch«, antwortete Posey schnell. »Bitte entschuldigen Sie, ich bin Amerikanerin und ich …«

»Sie haben sich noch nicht an den Dialekt hier gewöhnt«, fiel ihr die Frau unbekümmert ins Wort. »Ich werde mir Mühe geben, dass Sie mich besser verstehen.«

»Ja, äh«, stotterte Posey, »und ich habe draußen gerade eine junge Frau gesehen, und da dachte ich, Sie wären …«

»Da draußen ist doch niemand, im Dunkeln, bei dem Wetter. Brr.« Die Frau schüttelte sich. »Da ist ein mächtiger Sturm im Anmarsch, das spür ich in den Knochen. Schön warm haben Sie es hier.« Die Frau stellte ihre Tasche ab und zog den Mantel aus. »Ich bin Mrs O'Reilly, Ihre Hebamme. Na, da hat sich das Kleine aber eine Nacht ausgesucht, um auf die Welt zu kommen, was?«

Posey nahm die ausgestreckte Hand und schüttelte sie. »Ja, etwas zu früh. Mein Mann ist noch in Dublin und er sollte doch hier sein.«

Wie die anderen Male traf sie der Schmerz unvorbereitet. Sie widerstand dem Impuls, sich zu krümmen und die Luft anzuhalten. Die Hebamme war sofort an ihrer Seite. »Hier, stützen Sie sich am Balken ab. Und immer schön atmen, Kind. Keine Angst, Ihr Mann kommt schon noch früh genug. Männer kann man beim Kinderkriegen sowieso nicht gebrauchen. Die stehen nur im Weg. Das machen wir Frauen lieber unter uns aus.« Sie zwinkert Posey fröhlich zu, die sich erschöpft aufrichtete, als die Wehe vorbei war.

Mrs O'Reilly stellte eine Eieruhr ein. »So, jetzt wollen wir mal sehen, wie lang Ihre Wehen auseinanderliegen.« Geschäftig machte sie sich in der Küche zu schaffen. »Wie ich sehe, haben Sie schon Wasser aufgesetzt. Wunderbar. Jetzt mache ich Ihnen erst einmal eine Tasse Tee.«

»Himbeerblättertee?«, fragte Posey. »Ich habe da eine Dose ...«

»Nein, ich habe selber welchen mitgebracht. Der ist zum Entspannen. Altes irisches Hebammen-Geheimrezept.« Mrs O'Reilly zog eine kleine Tüte aus ihrer Tasche und füllte den Teepott mit einer großzügigen Portion der Kräutermischung.

»Okay«, sagte Posey. Sie war einfach nur froh, eine kompetente Person im Haus zu haben, die sich um sie kümmerte und wusste, was zu tun war.

Es würde alles gut werden. Auch wenn Ian nicht hier war. Sie musste jetzt stark sein. Sie würde es schaffen.

DIESER TEE SCHIEN AUF JEDEN FALL ZU WIRKEN, DACHTE sich Posey, als sie später im Bett lag. Wie viele Stunden mochten vergangen sein? Zwei? Vier? Sie hatte völlig das Zeitgefühl verloren. Der Kräutertee, den ihr Mrs O'Reilly immer wieder einflößte, entspannte sie derart, dass sie Ians Abwesenheit immer wieder vergaß.

Doch jetzt schob sich ein störender Gedanke über ihr inneres Wohlbefinden. Ian. Hätte er nicht längst wieder anrufen sollen, um sich nach ihr zu erkundigen? Ach ja, fiel ihr ein. Das Telefon war kaputt. Aber ihr Handy ... Sie hatte es doch hier im Zimmer eingesteckt, um es aufzuladen. Bevor sie sich danach umsehen konnte, kam schon die nächste Schmerzwelle und sie gehorchte willig Mrs O'Reillys hypnotischer Stimme, die ihr sagte, wie sie zu atmen hatte.

Draußen tobte mittlerweile tatsächlich ein Sturm. Der Regen peitschte gegen das Fenster. Aber es machte Posey nichts aus. Das rhythmische Geräusch wirkte beruhigend und das Unwetter draußen unterstrich nur, wie gemütlich es drinnen im Cottage war. Eine warme Höhle, ging es Posey durch den Kopf, und sie genoss das Glücksgefühl, das durch ihren Körper schoss, nachdem die Wehe veratmet war. Das Auf und Ab der Wehen war wie ein Ritt über hohe Wellen. Auch wenn es schwierig war, fühlte sie Euphorie, dass sie alles so gut meisterte. Ja, sie genoss die Geburt sogar auf eine Weise. Jetzt, in diesem Moment, konnte sie nicht nachvollziehen, wieso andere erzählten, dass Kinderkriegen die Hölle war. Sie fand, es war ein schönes, perfektes Erlebnis.

Fast perfekt. Ian. Was war noch mal mit Ian? Er hätte hier sein sollen.

»So, Sie machen das ganz fantastisch, Posey. Und jetzt müssen Sie gleich pressen. Sind Sie bereit dafür?«

Posey nickte. Sie wischte sich die blonden Haare aus dem verschwitzten Gesicht und holte noch einmal tief Luft. Da war der Schmerz schon wieder. Und sie spürte einen unwiderstehlichen Drang zu pressen. Lag das an Mrs O'Reillys Worten? Oder wusste sie einfach instinktiv, was zu tun war? Was auch immer die Ursache war, Posey gab dem Drang nach.

»Schön, ich sehe schon das Köpfchen. Beim nächsten Mal richtig anstrengen, richtig pressen, und dann haben wir das Schlimmste hinter uns. Dann können Sie Ihr kleines Mädchen bald in den Armen halten.«

Ein Mädchen? Woher wollte die Hebamme das wissen? Sie hatten sich das Geschlecht des Kindes nicht sagen lassen, wollten, dass es eine Überraschung wird.

Ein Blitz erhellte das Zimmer, das zusätzlich zu der Lampe am Ende des Bettes, wo sich Mrs O'Reilly befand, auch noch heimelig mit Kerzen beleuchtet war. Im gleißenden Lichtschein des Blitzes war Mrs O'Reilly für eine Sekunde lang keine ältere Frau, sondern eine junge, mit roten Haaren und eisblauen Augen.

Posey zuckte zusammen. Sie wäre am liebsten von der unheimlichen Frau weggerutscht, wenn sie die Kraft gehabt hätte. Es krachte und auf einmal war es viel dunkler im Zimmer. Nur die Kerzen auf der Anrichte spendeten noch Licht.

»Oh, die Elektrizität ist weg«, sagte die Hebamme. Die Stimme war unbestreitbar Mrs O'Reillys. »Aber das schaffen wir auch so.«

Bevor Posey reagieren konnte, kam schon die nächste, entscheidende Wehe, und sie wusste, dass sie keine Zeit und Energie darauf verschwenden durfte, sich um das zu sorgen, was sie gerade gesehen hatte. Sie musste pressen. Posey nahm all ihre Kraft zusammen.

»Richtig, Mädchen. Toll machen Sie das«, feuerte Mrs O'Reilly sie an.

Einen Moment später sank Posey erschöpft in die Kissen und schloss die Augen. Ein zufriedenes Lächeln breitete sich auf ihrem Gesicht aus, als sie das Baby schreien hörte. Sie hatte es tatsächlich geschafft.

»Ein kerngesundes Mädchen. Schauen Sie, alles ist dran«, sagte die Hebamme.

Posey machte die Augen auf, als Mrs O'Reilly ihr das kleine Bündel in den Arm legte. Sofort hörte das Baby auf zu schreien. Glücklich schaute Posey zu Mrs O'Reilly auf. Und es war Mrs O'Reilly. Im flackernden Schein der Kerzen konnte sie eindeutig die kleinen Fältchen im Gesicht der Frau erkennen. Die Haare waren grau, nicht rot, und die Augen zwar blau, aber nicht dieses leuchtende Eisblau, das sie im Blitzlicht zu sehen geglaubt hatte. Sie musste sich das wohl eingebildet haben. Kein Wunder; sie war müde und erschöpft.

»Dieser Hautkontakt zwischen Mutter und Kind, direkt

nach der Geburt, ist wichtig. Heutzutage nennt man das Bonding. Aber schon meine Urgroßmutter, die auch Hebamme war, hat gewusst, dass ein Neugeborenes das braucht«, erklärte Mrs O'Reilly. »Ich lasse Sie jetzt einen Moment lang mit der Kleinen allein. Wo ist denn der Sicherungskasten?«

»Neben der Haustür«, flüsterte Posey abwesend. Sie konnte ihre Augen kaum von dem kleinen Engel an ihrer Brust abwenden. Das Köpfchen war mit einem schwarzen Flaum bedeckt − dunkle Haare, das musste von Ians Seite kommen.

»Ich habe hier noch etwas für Sie, machen Sie mal den Mund auf.« Mrs O'Reilly hatte eine Blisterpackung in der Hand, als Posey widerwillig aufsah.

»Medikamente?«, fragte sie verwirrt. »Aber ich dachte, das wäre nicht …«

»Kräuter bewirken Wunder, aber die moderne Medizin hat auch ihren Nutzen«, sagte Mrs O'Reilly resolut. »Sie wollen doch noch ein bisschen durchhalten für die Kleine, oder?« Bevor Posey sichs versah, hatte ihr Mrs O'Reilly eine Tablette zwischen die Lippen geschoben und ihr die Tasse Tee an den Mund geführt.

»Braves Mädchen«, lobte Mrs O'Reilly, als Posey artig schluckte. »Dann werde ich mich jetzt mal um die Elektrizität kümmern.«

Posey hörte schon gar nicht mehr richtig zu, sondern konzentrierte sich ganz auf ihr Baby. Sie konnte sich gar nicht sattsehen an dem kleinen Näschen, den dunklen, dichten Wimpern, der winzigen plumpen Unterlippe − einer Mini-Version ihrer eigenen. Schließlich ging das Licht wieder an und sie konnte alle Einzelheiten im Gesicht ihrer kleinen Tochter studieren.

Doch ihre Lider wurden immer schwerer. Sie schaffte es nicht, sie offen zu halten, und bevor sie sich darüber wundern konnte, war sie auch schon in einen traumlosen Schlaf gesunken.

»Posey – oh mein Gott, Posey!«

Ians Stimme klang so panisch wie noch nie. Poseys Lider flatterten auf. Einen Moment lang war sie derart desorientiert, dass sie nicht wusste, wo sie war. Ian war neben ihr. In seinen Augen sah sie die pure Angst. Benommen schaute sie sich um. Sie war im Schlafzimmer in ihrem Cottage. Ihrem neuen Zuhause. Gerade hatte sie das perfekteste kleine Mädchen, das es gab, zur Welt gebracht. Sie schaute an sich herunter. Das Kind lag nicht mehr auf ihrer Brust. Erst jetzt bemerkte sie den Mann, der am Fuße des Bettes stand und das Bündel im Arm hatte.

Posey streckte die Arme aus. »Geben Sie sie mir«, forderte sie. »O Ian, sie ist so wunderschön und winzig. Alles lief richtig gut. Mrs O'Reilly hat ihre Aufgabe wunderbar gemacht und es war alles wie ein Traum.« Posey schaute sich um. »Wo ist Mrs O'Reilly?«

Der Mann machte keine Anstalten, ihr das Kind zu geben, sondern tauschte nur besorgte Blicke mit Ian aus. »Geben Sie sie mir«, wiederholte Posey.

»Liebling«, sagte Ian mit sanfter Stimme und legte seine Hand an ihre Wange. »Mrs O'Reilly ist …« Er brach ab, seufzte und fing noch mal von vorn an. »Das hier ist Dr. Flaherty. Ich habe ihn aus Ballyconneely mitgebracht, als ich erfahren habe …« Wieder brach er ab und rieb sich ratlos das Kinn.

Posey schaute von Ian zu dem Doktor und dann wieder zu ihrem Mann. Er hatte dunkle Ringe unter den Augen und sah sie traurig an.

»Mrs O'Reilly ist gestern etwas zugestoßen, Posey. Auf

dem Weg hierher. Der Sturm hat einen Baum umgerissen, der auf ihr Auto gekracht ist. Sie ist … sie hat es nicht geschafft.«

Verwirrt schüttelte Posey den Kopf. »Wie, auf dem Weg hierher? Ist sie noch mal weggefahren?«

Ian legte die Stirn in Falten und sah hilflos zu Dr. Flaherty rüber. »Sie war doch nie hier, Posey.« Er klang verzweifelt.

»Ian, sie war hier! Sie hat mir geholfen, unser Kind auf die Welt zu bringen. Was redest du?«

Der Doktor räusperte sich. »Ein schlimmes Trauma, Mr Simmonds. Da ist es nicht ungewöhnlich, dass ein Szenario zusammenfantasiert wird, in dem das traumatische Erlebnis nicht passiert ist.«

Posey versuchte sich aufzurichten und näher an ihre Tochter heranzurutschen. Sie verstand einfach nicht, warum sich Ian so sonderbar verhielt und worüber der Doktor redete. Sie wollte nur ihr Kind und versuchte die Panik, die in ihrem Magen wie ein Geschwür langsam heranwuchterte, zu verdrängen. Ian hielt sie am Arm fest, um sie aufzuhalten.

»Liebling, es muss so furchtbar für dich gewesen sein, ich weiß, und ich mache mir solche Vorwürfe, dass ich nicht hier war und du das alles alleine durchmachen musstest …«

»Geben Sie mir mein Kind«, herrschte Posey den Doktor an, ohne Ian Beachtung zu schenken.

»Tu dir das nicht an, Posey.« Ian konnte den verzweifelten Schluchzer in seiner Stimme nicht unterdrücken.

Der Arzt tat einen Schritt zurück, als Posey, die jetzt am Fuße des Bettes war, nach dem Bündel greifen wollte.

»Mrs Simmonds. Bitte beruhigen Sie sich. Ich verstehe, wie sehr Sie gelitten haben müssen, hier alleine, ohne Hilfe eine Totgeburt durchmachen zu müssen, aber Sie müssen jetzt …«

Posey erstarrte, die Arme immer noch nach ihrer Tochter ausgestreckt.

»… stark sein. Wir werden Sie ins Krankenhaus bringen, um sicherzugehen, dass es Ihnen körperlich gut geht. Die seelische Heilung wird sicherlich noch einige Zeit in Anspruch nehmen, aber wir finden bestimmt den richtigen Therapeuten für Sie, der Ihnen bei der Trauerarbeit hilft. Und es gibt keinen Grund, anzunehmen, dass Sie nicht wieder Mutter werden und ein gesundes Kind zur Welt bringen können.«

»Nein, nein, nein.« Posey schüttelte hektisch den Kopf. »Sie irren sich. Mein Kind ist gesund. Ich habe es doch gesehen.«

Sie versuchte aus dem Bett aufzustehen, aber Ian hielt sie zurück. »Posey, bitte …«

»Ihre Frau ist anscheinend im Zustand der völligen Verdrängung«, wandte sich der Doktor an Ian. »Sie will nicht wahrhaben, was passiert ist. Vielleicht würde es ihr helfen, mit der Situation besser klarzukommen, wenn sie das Kind sieht.«

Ian nickte langsam und er ließ seine Frau los. Vorsichtig legte der Doktor das Bündel in Poseys Arme. Voller Erleichterung nahm sie es entgegen. Sie wusste nicht, was hier vor sich ging, warum Ian und der Doktor solche Sachen sagten, aber wenn sie nur ihr Kind wiederhatte, würde bestimmt alles gut werden.

Doch das Lächeln gefror ihr auf den Lippen, als sie auf das Baby hinunterblickte. Sie war nicht verrückt oder wahnhaft – sie konnte den Tatsachen ins Auge sehen.

Das Neugeborene in ihren Armen war tot. Es atmete nicht. Sein Gesichtchen war blau angelaufen.

Aber das war es nicht, was Posey so sehr schockte. Das Baby in ihren Armen hatte keine Haare, eine eher breite Nase und schmale Lippen.

Das hier war nicht ihr Kind.

SCHWEIGEND SPAZIERTEN POSEY UND IAN HAND IN HAND über das Klinikgelände.

»Also ...« Ian räusperte sich. »Die Ärzte sagen, du machst gute Fortschritte. Vielleicht kannst du bald schon wieder nach Hause.«

Posey biss sich auf die Lippen. Sie hatte nach mehreren Wochen in der psychiatrischen Klinik gelernt, dass sie sich keinen Gefallen damit tat, darauf zu beharren, dass ihr Kind am Leben war. Keiner glaubte ihr. Man gab ihr einfach immer noch mehr Medikamente.

Aber Ian war ihr Mann. Sie wollte ihn nicht anlügen und so tun, als glaubte sie tatsächlich, dass die ganze Geburt mit Mrs O'Reilly und dem gesunden kleinen Mädchen mit den schwarzen Haaren nur ihrer Fantasie entsprungen war.

»Sie sagen, du weißt, dass das Baby gestorben ist ...«, fuhr Ian vorsichtig fort.

»Als du und Dr. Flaherty im Cottage ankamen, war das Kind gestorben.« Posey wählte ihre Worte mit Bedacht. Sie wollte schreien: Aber das Kind war nicht meins. Mein Kind sah anders aus und es war gesund! Doch sie unterdrückte den Impuls. Sie hatte diese Worte in den vergangenen Wochen oft genug geschrien und sie wusste, was passieren würde. Ian würde sie mitleidig ansehen. Sein Unglaube würde sie tatsächlich wahnsinnig machen und sie würde insistieren, bis sie an dem hysterischen Punkt angelangt war, der meistens dazu führte, dass sie im Isolierzimmer landete.

Ian schien erleichtert, dass sie diese Tatsache zugeben und so ruhig bleiben konnte. »Genau. Es kann sein, dass es gelebt hat, und du deshalb geglaubt hast, es sei gesund. Dass es erst den Atemstillstand hatte, als du eingeschlafen bist. Aber du darfst dir keine Vorwürfe machen, wenn das so war. Und die Ärzte sind sowieso eher der Annahme, dass es eine Totgeburt war. Du warst völlig erschöpft, allein und verängstigt. In dem Zustand ist es verständlich, dass du glauben wolltest, es sei am Leben und auch in diesem Glauben eingeschlafen bist.«

Posey schwieg. Der Verlust ihrer Tochter war für sie so schmerzhaft, als sei sie tatsächlich gestorben. Sie konnte allen anderen gegenüber genauso gut so tun, als entspräche das der Wahrheit. In den ersten, dunklen, dunklen Tagen, als sie entweder nur im Zustand der Panik und Hysterie war oder vollgepumpt mit Beruhigungsmitteln keinen klaren Gedanken hatte fassen können, war ihr nicht eingefallen, einen Blut-Test zu verlangen. Mittlerweile war die Leiche des kleinen Babys eingeäschert worden und sie konnte nicht beweisen, dass das tote Kind nicht ihres und Ians war.

Doch sie selber wusste es schließlich. Und sie wusste auch, dass man ihr Kind genommen hatte. Entführt, gegen ein anderes, totes Baby ausgetauscht, wie auch immer man es nennen sollte. Posey mochte zwar aufgegeben haben, andere – selbst ihren eigenen Mann – davon überzeugen zu wollen, dass dem so war. Aber sie würde niemals aufgeben, ihr Kind zu finden, das irgendwo dort draußen noch am Leben war.

Posey hoffte immer noch, dass man ihr bezüglich Mrs O'Reilly Glauben schenken würde, denn das war ihre einzige Spur. Logik, Beweise – irgendwie musste sie andere davon überzeugen, dass die Hebamme tatsächlich im Cottage gewesen war.

»Aber die Sache mit Mrs O'Reilly verstehe ich immer noch nicht«, fing Posey jetzt an. »Ich war mir so sicher, dass sie da war.«

Sie schielte zu Ian rüber, um zu testen, wie er darauf reagierte. Dass sie immer noch auf dieser Sache beharrte, schien ihm Unbehagen zu bereiten. Er schaute weg und runzelte die Stirn. Trotzdem fuhr sie fort: »Ich meine, ich hatte sie noch nie vorher getroffen. Dennoch wusste ich ganz genau, wie sie aussah. Nicht wahr?«

Sie hatte darauf bestanden, Mrs O'Reilly bis in alle Einzelheiten zu beschreiben. Man musste zugeben, dass ihre Schilderung genau auf das Aussehen der Hebamme zutraf.

»Na ja«, Ian ließ ihre Hand los und fuhr sich durch das dichte, dunkle Haar, »wie ich schon gesagt habe, vielleicht hast du sie schon einmal in Ballyconneely gesehen. Kannst dich nicht mehr daran erinnern, hast ihr Aussehen aber unbewusst abgespeichert …« Er brach ab.

Posey wusste nicht, wie weit sie gehen konnte. Es tat ihr in der Seele weh, dass ihr Mann sie für verrückt hielt. Und vor allem wollte sie gerne aus dieser Klinik heraus. Hier konnte sie nichts ausrichten. Deshalb beschloss sie, nicht weiter mit all den Sachen zu drängen, die sie schon angebracht hatte. Hatte man Tee gefunden, der ihr nicht gehörte und der fragwürdige, vielleicht sogar bewusstseinsverändernde Kräuter enthielt? Man hatte ihr doch im Krankenhaus Blut abgenommen. Konnte man das nicht auf Betäubungsmittel oder andere Substanzen untersuchen, zu denen sie gar keinen Zugang gehabt hatte? Gab es sonst keine Anzeichen dafür, dass eine andere Person außer ihr im Haus gewesen war und ihr bei der Geburt geholfen hatte? Konnte die Polizei nicht kommen und Fingerabdrücke am Sicherungskasten nehmen?

Doch man hatte ihre Vorschläge und Einwände schon hundertmal abgetan. Ja, dass man nicht noch darüber gelacht hat, ärgerte sie sich jetzt im Nachhinein. Ian natürlich nicht. Dem wäre es niemals eingefallen, über sie zu lachen. Er war einfach nur traurig und … verstört. Nicht nur, weil er selber mit dem Verlust seines Kindes klarkommen musste, sondern auch, weil er mit der Reaktion seiner Frau nicht zurechtkam. Er, der immer genau wusste, was zu tun war, ihr tatkräftiger, pragmatischer Ian, schien völlig hilflos. Er musste sich an Tatsachen, an logischen Erklärungen festhalten. Und so hatte er immer nur eine Antwort auf all die Fragen, die sie hinsichtlich Mrs O'Reillys Anwesenheit in ihrem Cottage anbrachte:

Es war schlichtweg unmöglich, dass die Hebamme zu dem fraglichen Zeitpunkt bei der Geburt geholfen hatte, wie Posey behauptete. Denn sie war auf dem Weg zum Cottage tödlich verunglückt. Der Todeszeitpunkt war zwischen 18 und 20 Uhr gewesen, so hatte es der Gerichtsmediziner festgestellt.

Zum Zeitpunkt der Geburt war Mrs O'Reilly längst tot gewesen.

Posey wusste, dass das nicht sein konnte, verzichtete diesmal aber auf den Streit, der unweigerlich wieder bei diesem Argument enden würde.

»Hmm. Wahrscheinlich hast du recht, Schatz«, sagte sie und nahm wieder Ians Hand.

Seine Gesichtszüge entspannten sich etwas.

Als sie ihren Spaziergang fortführten, wurde sich Posey schmerzhaft bewusst, dass sie nicht nur ihr Kind verloren hatte. Ian war immer noch an ihrer Seite, er würde sie nicht verlassen, aber der Mann, zu dem sie aufgesehen hatte, der Seelenverwandte, der ihr ihr ganzes Glück bringen würde, der war er nicht mehr. Sie hatte niemals erwartet, dass er in irgendeinem Aspekt der Schwächere in ihrer Beziehung sein könnte. Jetzt musste sie die Starke sein, an die er sich anlehnen konnte – obwohl er niemals wissen würde, dass er das tat.

---

6 Jahre später

»Alannah hat gesagt, sie bekommt ganz viele Geschenke und es gibt eine Party«, plapperte die kleine Mira. »Darf ich auch zu der Party, Mami?«

Posey tat ihrer Tochter Kartoffelbrei auf. »Vielleicht – warten wir mal ab, ob eine Einladung kommt.«

»Wer ist denn diese Alannah – eine neue Freundin aus der Vorschule?«, erkundigte sich Ian.

»Nein, Papa. Alannah ist nicht von hier«, meinte Mira unbekümmert, während sie hoch konzentriert damit beschäftigt war, das Würstchen auf ihrem Teller zu schneiden.

»Alannah ist ihre imaginäre Freundin«, raunte Posey ihrem Mann zu. Der runzelte die Stirn. »Wie bitte?«

»Was heißt das, im aggi … när ?«, wollte Mira wissen, die ihre Mutter sehr wohl gehört hatte.

»Das heißt, dass wir sie nicht sehen können.«

»Genau.« Mira schwenkte fröhlich die Gabel mit dem Stück Würstchen durch die Luft. »Alannah ist meine besondere Freundin. Nur ich kann sie sehen.«

Ian legte sein Besteck ab und sah Posey alarmiert an.

»Das ist ganz normal für Kinder in ihrem Alter«, beschwichtigte sie ihn.

»Bist du sicher? Mit deiner Vergangenheit? Man hört ja, dass das erblich sein soll. Vielleicht fragst du mal Dr. Thompson, ob er einen Kinderpsychiater empfehlen kann oder …«

»Ian.« Posey war mittlerweile geübt darin, sich ihre Enttäuschung und ihren Schmerz nicht anmerken zu lassen, wenn ihr Mann so reagierte, aber es kostete sie immer wieder Mühe. »Dafür gibt es keinen Grund. Ich hatte damals eine Episode. In der Paartherapie hat man uns doch erklärt, dass man erst von einer Krankheit spricht, wenn so etwas häufiger vorkommt. Bei mir wurde die Episode durch äußere Umstände verursacht – es ist wohl übertrieben, von einer genetischen Veranlagung zu sprechen. Wir haben beide daran gearbeitet, das Trauma zu überwinden. Gott sei Dank wurde ich wieder schwanger und unser kleiner Sonnenschein kam auf die Welt …«

»Bin ich der Sonnenschein?«, plapperte Mira dazwischen.

»Ja, das bist du, mein Schatz.« Posey lächelte ihre Tochter an.

»Aber ich finde es trotzdem besorgniserregend, wenn Mira von einer Freundin redet, die gar nicht existiert …«

»Alannah gibt es aber!«, entrüstete sich Mira. »Ihr könnt sie nur nicht sehen.«

»Kinder haben einfach viel Fantasie«, wandte sich Posey ihrem Mann zu. »Glaub mir, das ist wirklich normal und es wird sich wieder legen.« Als er immer noch schwieg, fuhr sie leise fort: »Wir haben damals eine zweite Chance bekommen. Und wir sind doch glücklich, oder? Wieso die alten Wunden wieder aufreißen? Lassen wir die Vergangenheit ruhen. Das hat hiermit nichts zu tun, glaub mir.«

Ian Gesichtszüge wurden weicher und er nahm Poseys Hand in seine. »Du hast recht, Liebling. Wir haben es geschafft, das hinter uns zu lassen. Reden wir nicht mehr darüber.«

Posey gelang es, während des Mittagessens die Fassade aufrechtzuerhalten. Erst als Ian mit Mira zum Spielplatz im Dorf fuhr − ein Vater-Tochter-Ritual, das sie jeden Sonntag pflegten − erlaubte sich Posey, ihren Gefühlen freien Lauf zu lassen. Sie ging ins Schlafzimmer, legte sich aufs Bett und schluchzte in ihr Kissen, bis sie sich ausgeweint hatte. Dann wusch sie sich ihr Gesicht, trug das Make-up neu auf und ging in die Küche, um den Abwasch zu machen.

Posey hatte mit der Vergangenheit nicht abgeschlossen, wie sie ihren Mann glauben ließ. Aber Ian würde das nicht verstehen und für ihre Familie musste sie so tun, als ob. Es war, als gäbe es zwei Poseys. Eine, die tatsächlich glücklich war. Als etwas mehr als ein Jahr nach dem schrecklichen Verlust die kleine Mira geboren wurde, war es Ian und Posey wie ein Geschenk des Himmels vorgekommen. Sie waren die kleine Familie, führten das idyllische Leben, von dem die naive Posey geträumt hatte, als sie nach dem anfänglichen Schreck über die ungeplante Schwangerschaft mit dem ersten Kind damals nach Irland gezogen war. Erst war sie völlig in ihrem Mutterdasein aufgegangen, jetzt holte sie ihren Collegeabschluss per Fernstudium nach. Es ging ihr und ihrer Familie gut und sie hatte wirklich das Gefühl, dass sie ein gesegnetes Leben führten.

Dann gab es die Posey, die wusste, dass sie keine »Episode« gehabt hatte und dass ihr erstes Kind noch am Leben war. Sie spürte es in ihrem Herzen, in jeder Faser ihres Körpers. Irgendwo da draußen gab es ein schwarzhaariges kleines Mädchen, das ihre Tochter war. Sie hatte jahrelang versucht, sich einen Reim darauf zu machen, was es genau mit Mrs O'Reilly auf sich gehabt hatte. Nachdem sie sich davon überzeugt hatte, dass die Hebamme tatsächlich auf ihrem Weg zum Cottage ums Leben gekommen war, hatte sie lange geglaubt, eine andere Frau hätte sich für Mrs O'Reilly ausgegeben und ihr Kind entführt. Aber irgendwann hatte sie Fotos von der verstorbenen Hebamme gesehen, die keinen Zweifel daran ließen, dass die Frau, die ihr geholfen hatte, das Kind auf die Welt zu bringen, ebendiese Mrs O'Reilly gewesen war.

Dann war da noch die unerklärliche Tatsache, dass diese Frau ein kürzlich verstorbenes Neugeborenes dabeigehabt haben musste, das sie gegen ihre Tochter austauschte. So sehr Posey sich bemühte, herauszufinden, was damals wirklich passiert war, irgendwann musste sie aufgeben. Es schien keine logische Erklärung zu geben.

Nichtsdestotrotz – sie wusste, was sie wusste. Seitdem trug Posey in ihrem Herzen dieses Wissen mit sich herum.

Es gelang ihr gut, ihr Herz zu verschließen und damit zu leben. Die meiste Zeit war sie die glückliche Posey.

Aber ab und zu – in Momenten wie diesen – kam die andere Posey zum Vorschein, die einfach nur ihr Kind wiederhaben wollte.

»Halt still!«

Posey versuchte, die rote Schleife an Miras Kopf zu befestigen. Doch ihre Tochter zappelte aufgeregt herum und immer wieder rutschte das rote Seidenband aus den glatten hellbraunen Haaren.

»Lass mich sehen, lass mich sehen!« Mira drängte in Richtung Spiegel.

»Warte, erst mal muss ich sie fest ... so, fertig!«

Schon stand Mira vor dem langen Spiegel im Flur und drehte sich. Posey schmunzelte. Letztes Jahr hatten sie an Halloween ihre Schwester in Connecticut besucht und Mira war mit ihren Kusinen Süßigkeiten sammeln gewesen. Das Schneewittchenkostüm ihrer älteren Kusine Nancy hatte es ihr besonders angetan und Mira war außer sich vor Freude gewesen, als letzte Woche das Paket aus den USA mit diesem Kostüm eintraf.

»Guck mal, Mami!«

»Toll siehst du aus!«

»Können wir nicht doch ins Dorf gehen und an die Türen klingeln und Süßes oder Saures rufen?«

»Ach, Schatz, da wären wir die Einzigen. Das macht man hier nicht. Nächstes Jahr fahren wir wieder Nancy besuchen – da kannst du das Kostüm dann mitnehmen.«

Eigentlich hätte sie dieses Jahr auch fahren sollen, dachte sich Posey im Stillen. Natürlich schmerzte es, diesen Tag durchleben zu müssen, aber weit weg bei ihrer Familie zu sein, machte es erträglicher. Hier musste sie dauernd gegen die Flut der Erinnerungen ankämpfen – trotz Mira. Und ausgerechnet heute Abend hatte Ian ein Geschäftsessen, aus dem er sich nicht hatte herauswinden können. Sicherlich hätte er es abgesagt, wenn sie darauf bestanden hätte, aber sie wollte kein großes Aufheben machen. Nicht, dass er sich wieder um ihre psychische Gesundheit sorgte …

»Stimmt, Mrs Pettidew hat gesagt, dass Halloween nur eine Erfindung ist«, unterbrach Mira ihre Gedanken. »Was?«, fragte Posey zerstreut. »Ja, Erfindung der Amerikaner, hat sie gesagt.« Mira legte die kleine Stirn in Falten, offensichtlich nicht ganz sicher, was die Worte ihrer Vorschullehrerin zu bedeuten hatten. »In Wirklichkeit ist heute ein irisches Fest, das heißt … Sa … Sa-auen.«

»Ach so. Sie meint Samhain. Das stimmt. Darauf beruht Halloween. Früher hieß das hier so.« Posey zögerte. Sie wollte ihre Tochter nicht zu sehr mit Erklärungen zu den heidnischen Bräuchen der alten Kelten verwirren. Natürlich hatte sie, seit sie an der irischen Westküste lebte, wo man irische Traditionen großschrieb, einiges über Samhain gehört. Aber selber dachte sie auch nicht gerne darüber nach, denn dass ausgerechnet in der Nacht, in der die Trennung zwischen den Welten der Lebenden und der Toten aufgehoben war, eine angeblich verstorbene Hebamme in ihrem Cottage gewesen war, bereitete ihr großes Unbehagen. Dazu kamen die Geschichten von Feenhügeln, die zu dieser Zeit für Menschen sozusagen offen waren, und Wechselbälgern, die Feen anstelle eines gesunden Kindes in die Wiege legten …

Ein kalter Schauder lief Poseys Rücken herunter und sie schüttelte sich. Sie versuchte sich schnell wieder auf Mira zu konzentrieren. »Jetzt nennt man es All Hallows' Eve oder Halloween. Mrs Pettidew hat recht, aber manchmal entwickeln sich Bräuche und Traditionen weiter. Und wir machen uns heute einen gemütlichen

Abend mit ganz viel leckerem Essen und Süßigkeiten und der Monster AG«, endete Posey resolut und setzte sich ihren Hexenhut auf. »So, und jetzt sind wir beide verkleidet. Ist doch lustig, auch wenn uns sonst keiner sieht, oder nicht?«

»Ja, aber auf der Party sehen mich noch alle«, meinte Mira und blickte noch einmal stolz in den Spiegel.

»Auf welcher Party?«, rief Posey, während sie das Tablett mit den Muffins aus der Küche holte.

»Na, Alannahs Geburtstagsparty. Die ist doch auch heute und sie hat gesagt, ich darf kommen.«

»Heute ist ihr Geburtstag?« Poseys Hände, die das Tablett hielten, fingen an zu zittern. »Aber Schatz, Kindergeburtstage feiert man am Nachmittag. Jetzt haben wir doch schon Abend.«

Mira schüttelte den Kopf. »Nein, heute Nacht ist die Feier. Und ich darf kommen. Alannah hat mich eingeladen. Du hast gesagt, ich darf, wenn eine Einladung kommt.«

Posey stellte das Tablett behutsam auf dem Couchtisch ab und drehte sich zu ihrer Tochter um, die jetzt mit erwartungsvollem Gesichtsausdruck in der Tür zum Wohnzimmer stand. »Normalerweise machen das die Mamis unter sich aus und Alannahs Mami hat mich gar nicht angerufen. Vielleicht ist die Party gar nicht heute, das wird sich bestimmt noch klären. Aber jetzt mache ich uns erst einmal ein paar Hotdogs zurecht, was meinst du? Du liebst doch Hotdogs, nicht wahr?«

Mira schüttelte energisch den Kopf, sodass die rote Schleife schon wieder rutschte. »Alannah hat aber gar keine Mami. Und die Party ist heute.« Mira stampfte trotzig mit dem Fuß auf.

»Alannah hat keine Mami?«, wiederholte Posey leise. »Wo … wo wohnt Alannah denn?« Wäre Ian jetzt hier, würde er sie dafür rügen, ihre Tochter und ihre Fantasiegespinste auch noch zu ermutigen, ging ihr durch den Kopf.

»Na, sie wohnt gleich da drüben, Mami.« Mira zeigte aus dem Wohnzimmerfenster auf den Hügel neben dem Haus. Posey spürte, wie ihr das Blut aus dem Gesicht wich. Der Feenhügel.

»Hinter dem Hügel?« Sie versuchte, so unbeschwert wie möglich zu klingen. »Aber da sind nur Wiesen, da wohnt doch keiner …«

»Nee, in dem Hügel.«

Poseys Kopf schnellte herum. Sie starrte ihre Tochter an. »In dem Hügel wohnt keiner«, sagte sie mit tonloser Stimme.

»Da kommt Alannah aber her«, insistierte Mira. »Und heute darf ich auch mit zu ihr nach Hause. Sie wohnt in einem Schloss, Mami.«

»Mira …« Posey holte tief Luft. »Du bist doch jetzt schon ein großes Mädchen. Du weißt doch, dass es Alannah nicht wirklich gibt, oder?«

Mira zog verärgert die Brauen zusammen. »Doch, ich kann sie doch sehen.«

»Aber andere können sie nicht sehen, stimmt's?«, versuchte Posey es behutsam mit Logik.

»Weiß ich doch nicht«, antwortete Mira und zog eine Schnute.

Posey fuhr sich unschlüssig durchs Haar und ging dann zu ihrer Tochter, um sie in die Arme zu nehmen. »Ich weiß, es ist manchmal schwierig, dass wir so abgelegen wohnen und keine Nachbarskinder da sind, mit denen du spielen kannst. Aber du hast ja auch einige Freundinnen in der Vorschule. Wir wollen mal zusehen, dass du nachmittags öfter mit denen spielen kannst, okay? Katie magst du doch gerne, stimmt's? Und Marie?«

Posey nahm ihre Tochter hoch. Mira legte die Arme um den Hals ihrer Mutter und schmiegte sich an sie. »Papa sagt auch immer, dass es Alannah nicht gibt. Aber ich dachte, du glaubst mir, Mami.« Der traurige Ton in ihrer Stimme tat Posey weh. Aber sie fand das, was ihre Tochter sagte, so beunruhigend, dass sie die imaginäre Freundin nicht länger als harmlos abtun konnte. Ist es wirklich das, was du beunruhigend findest?, drängte sich ihr der Gedanke auf.

»Komm, ich mach die DVD rein, und dann schauen wir die Monster AG an. Darauf hast du dich doch schon gefreut«, versuchte sie ihre Tochter abzulenken – und wenn sie ehrlich war, auch sich selber.

»Da draußen ist sie«, meinte Mira aufgeregt, die über ihre Schulter aus dem Fenster blickte.

»Was?« Posey drehte sich und ging mit Mira auf dem Arm näher an das Fenster heran.

»Ja, schau.« Posey spähte aus dem Fenster und kniff die Augen etwas zusammen. Draußen war es schon dunkel.

Tatsächlich stand da jemand auf dem Hügel. Posey zuckte zurück. Das Herz schlug ihr auf einmal bis zum Halse.

»Siehst du, du kannst sie auch sehen, nicht wahr, Mami?« Mira winkte aufgeregt aus dem Fenster. Die kleine Person auf dem Hügel hob den Arm und winkte zurück.

Unweigerlich musste Posey an die Frau mit den roten Haaren denken, die vor sechs Jahren dort draußen gestanden hatte. Von der sie sich eingebildet hatte, dass sie dort draußen stand. Aber die Gestalt auf dem Hügel war keine hochgewachsene Frau. Posey ging wieder ans Fenster, um sich zu vergewissern. Es gab keinen Zweifel.

Auf dem Hügel stand ein kleines Mädchen.

Posey zitterte am ganzen Körper. Langsam setzte sie ihre Tochter ab und ging vor ihr in die Hocke. »Mira, ich möchte, dass du jetzt hier im Haus bleibst und dich ganz brav auf die Couch setzt, okay.«

»Aber kann ich nicht zu Alannah, sie …«

»Ich werde zuerst allein mit Alannah reden.« Posey nötigte sich ein Lächeln ab. »Ich kläre das mal ab, das mit der Party, okay, Schatz? Dann sehen wir weiter.« Sie nahm ihre Tochter an die Hand, die sich nur widerwillig zur Couch ziehen ließ. »Ich mach dir den Fernseher an. Hier, schau mal, Cartoons. Sei ein braves Mädchen und bleib genau hier, bis ich wiederkomme, okay?«

Unschlüssig schaute Mira zum jetzt flimmernden Fernseher hinüber. »Und dann kann ich nachher vielleicht auf die Geburtstagsparty im Schloss?«

»Ja, vielleicht«, antwortete Posey verzweifelt und zerteilte einen der Muffins, die sie am Nachmittag mit viel Mühe mit weißem Fondant verziert hatte, sodass sie wie eingewickelte Mumien aussahen. »Hier, iss doch schon mal einen Muffin. Die sind bestimmt lecker. Nachher gibt es dann die Hot Dogs.«

»Okay«, meinte Mira.

»Und versprich mir, dass du schön hier bleibst, ich bin gleich zurück.«

Mira steckte sich ein Stück des süßen Gebäcks in den Mund und nickte nur.

Gedankenversunken nahm sich Posey eine alte Strickjacke, die über einer Stuhllehne hing, und zog sie sich über. Ein Blick aus dem Fenster bestätigte ihr, dass das kleine Mädchen immer noch draußen stand. Gänsehaut breitete sich auf ihrem ganzen Körper aus, als sie in der Ferne ein Donnergrollen hörte. Ein Gewitter, wie damals.

Posey schaute noch einmal unsicher zu Mira rüber, deren Aufmerksamkeit mittlerweile vom Zeichentrickfilm gefangen war, und eilte dann aus der Tür.

Draußen war es kalt und windig. In der Ferne zuckten schon die ersten Blitze. Sie zog die Strickjacke enger um sich. Ihr Puls dröhnte in ihren Ohren, als sie langsam um das Haus herumging. Als der Hügel in Sicht kam, blieb sie stehen. Das kleine Mädchen wandte sich ihr zu.

Wie magnetisch von ihr angezogen, ging Posey weiter, obwohl sie noch nie so viel Angst gehabt hatte. Ein Blitz erhellte die Nacht und für eine Sekunde konnte Posey das Mädchen genau erkennen. Es hatte lange schwarze Haare, die zu zwei Zöpfen geflochten waren, einen Schmollmund und sah ungefähr wie sechs oder sieben Jahre alt aus.

Wie von allein bewegten sich Poseys Beine und sie lief auf das Kind zu.

Das kleine Mädchen schaute sie aus großen grauen Augen verwundert an, sodass Posey abrupt vor ihm stehen blieb.

Sie hätte die Kleine am liebsten sofort in die Arme genommen, wollte sie aber nicht verschrecken.

»Hallo«, sagte sie stattdessen mit heiserer Stimme.

»Hallo«, antwortete das Mädchen. »Kommt Mira nicht? Ich soll sie doch zur Party bringen.«

»Bist du …« Posey schluckte. »Bist du Alannah?«

Das Mädchen nickte nur.

»Mira hat gesagt, du hast heute Geburtstag.« Wieder ein Nicken. »Wie alt wirst du denn?«

»Sechs.«

Ein Schluchzer entwich aus Poseys Kehle. Sie hielt sich schnell die Hand vor den Mund. Ihre Beine gaben nach und sie sank vor dem Mädchen auf die Knie. Sie spürte nicht einmal, wie nass das Gras war.

»Wo warst du denn die ganze Zeit?«, flüsterte sie.

Das Mädchen legte den Kopf schief. »Wo ich war? Zu Hause.«

»Aber hier ist dein Zuhause«, rief Posey verzweifelt. »Weißt du das nicht? Man hat dich mir weggenommen.« Jetzt konnte sie die Schluchzer nicht länger aufhalten. Tränen liefen ihr über das Gesicht und vermischten sich mit dem Regen. »Wer … wer hat dich mir weggenommen? Wo hat man dich hingebracht?«

Die Kleine sah sie mit großen Augen an und wich einen

Schritt zurück. Posey befahl sich, sich zusammenzureißen. Sie machte dem Mädchen Angst.

»Tut mir leid«, sagte sie und wischte sich hektisch die Tränen vom Gesicht. »Geh nicht weg, bitte.«

Das Mädchen hielt zögerlich inne.

»Mira hat gesagt, du hast keine Mama. Stimmt das? Bei wem lebst du denn?«

»Bei Tante Maggie.«

»Deine Tante?« Posey musste ihre ganze Kraft dafür aufbringen, dem Impuls zu widerstehen, sich das Mädchen einfach zu schnappen und mit ihm wegzulaufen.

»Sie ist nicht richtig meine Tante.« Alannah furchte die Stirn. »Ich bin von hier und sie ist eine von ihnen.«

Posey fing am ganzen Körper an zu zittern. Sie schlang die Arme um sich. »Eine von ihnen«, wiederholte sie mit bebenden Lippen.

Das Mädchen nickte. »Aus der anderen Welt. Aber ich kann zwischen den Welten hin- und hergehen«, sagte sie stolz. »Auch wenn es manchmal in meinen Augen wehtut. Weil ich hier geboren bin.«

»Mein Kind«, hauchte Posey.

»Mami!«

Doch es war nicht Alannah, die zu ihr sprach. Wie in Trance drehte sich Posey um. Mira stand neben dem Cottage. Das Gelb ihres Rockes war auch im Dunkeln gut zu erkennen.

»Mami, was machst du?« Mira hörte sich ängstlich an.

»Ich rede mit Alannah.« Ihre Stimme war so brüchig, dass Mira ihre Mutter unmöglich gehört haben konnte. Posey räusperte sich und versuchte es noch einmal. »Ich unterhalte mich mit Alannah, mein Schatz. Geh bitte wieder rein, ich komme gleich.«

»Aber die böse Frau, Mami …« Das war Furcht in Miras Stimme, kein Zweifel. Posey kannte ihre Tochter gut genug, um zu wissen, dass ihr die Tränen in den Augen standen.

»Was für eine Frau?« Sie drehte sich um. Plötzlich stand hinter Alannah die Frau mit den roten Haaren. Sie sah genauso aus wie damals.

Die Frau, die ihr Kind genommen hatte.

Ihr langes rotes Haar flatterte im Wind und ihre eisblauen Augen starrten sie ausdruckslos an. Nein, nicht völlig ausdruckslos. Eine Spur Genugtuung erkannte sie darin.

Das Donnergrollen kam immer näher. Der Regen wurde stärker.

»Mira, geht ins Haus«, rief Posey über ihre Schulter.

Wieder zuckte ein Blitz über den Nachthimmel. In dem kurzen Augenblick, in dem er den Hügel taghell erscheinen ließ, sah Posey, dass sich hinter der Frau die Erde geöffnet hatte. Dort, wo vorher Gras gewesen war, erschien jetzt eine flimmernde Oberfläche, durchlässig wie Wasser.

Die Frau legte ihre Hand auf Alannahs Schulter. Ihre Lippen verzogen sich zu einem höhnischen Lächeln. Alannahs Augen funkelten rot auf. Bevor Posey sich aus ihrer entsetzten Starre lösen konnte, hatte die Frau das Mädchen mich sich in das Flimmern gezogen.

»Nein!«, schrie Posey mit schmerzverzerrter Stimme. Sie ging auf das Flimmern zu. Ihre Tochter war darin verschwunden! Ihre Tochter, die sie gerade erst wiedergefunden hatte.

Da vernahm sie Miras Schluchzer, die durch die Geräuschkulisse des Regens und Gewitters dumpf zu ihr durchdrangen.

Posey hielt inne und drehte sich langsam um.

Mira stand weinend im Regen. Ihre Schultern zuckten. Das Schneewittchenkostüm klebte an ihrem kleinen Körper.

Wieder sah Posey auf das Flimmern hinunter. Es

schien schwächer geworden zu sein. Sie konnte ihr Kind nicht noch einmal gehen lassen. Sie musste es zurückholen.

»Mami!«, hörte sie Mira wimmern.

»Komm her, mein Schatz«, rief sie ihr zu und streckte die Hand nach ihr aus.

Das Mädchen kam zögerlich näher.

»Komm her«, wiederholte Posey mit einem Lächeln. »Wir gehen jetzt zu Alannahs Geburtstagsparty.«

Mira schüttelte den Kopf. Das rote Seidenband, jetzt nass vom Regen, hing schlaff in ihrem Haar.

»Doch komm, wir gehen zusammen.«

»Nein, ich will nicht mehr. Ich will nicht zu der bösen Frau gehen.« Mira zitterte in ihrem dünnen Kostüm.

»Aber du wolltest doch unbedingt zu der Party. Los jetzt«, drängte Posey ungeduldig.

»Alannah hat gesagt, man muss für immer da bleiben und kann nicht wieder zurück.« Mira weinte jetzt so sehr, dass Posey sie kaum verstehen konnte. »Das habe ich vergessen. Ich will hierbleiben, Mami. Und du sollst auch hierbleiben. Bitte!«

Das Flimmern wurde immer schwächer; man konnte schon wieder Gras sehen. Posey konnte den Gedanken einfach nicht ertragen, sich ihr geliebtes Kind ein zweites Mal rauben zu lassen. Sie versuchte, Miras Hand zu schnappen, doch dem Mädchen gelang es, sich wieder loszureißen. Sie lief in Richtung Haus.

»Nein, Mami«, schrie sie.

Posey warf einen Blick auf das Flimmern und sie wusste instinktiv, dass sie keine Zeit hatte, Mira zurückzuholen. Sie musste jetzt handeln, sonst würde sie ihre Tochter für immer verlieren.

Ihre Tochter … Die leise Stimme in ihrem Kopf ließ sie wieder zögern, gerade als sie im Begriff war, sich in das Flimmern zu stürzen.

Ihre andere Tochter war hier. Sie würde sie zurücklassen müssen. Das konnte sie nicht tun.

Es zerriss Posey das Herz, als sie dem Flimmern den Rücken zukehrte und zum Haus ging. Mira, ihre kleine Mira, hatte sich gegen die Hauswand gedrückt. Ihr Körper bebte vor Kälte. Sie weinte bitterlich. »Die Frau war böse, Mami«, brachte sie zwischen den Schluchzern hervor. »Und Alannah … sie hatte B… B… Blut in den Augen, hast du das nicht gesehen, Mami? Ich will da nicht hin, Mami, ich will da nicht …«

»Los, mein Schatz, lass uns ins Haus gehen«, presste Posey mit Mühe hervor. Ihr Brustkorb fühlte sich an, als würde er gleich explodieren. Sie bekam kaum Luft. »Mami bleibt hier, bei dir. Alles wird gut.«

Sie nahm Mira in die Arme und trug ihre kleine Tochter ins Haus. Bevor sie um die Ecke zur Haustür ging, drehte sie sich ein letztes Mal um.

Auf dem Hügel stand jetzt wieder das Mädchen mit den schwarzen Haaren. Es sah aus, als ob es dunkle Tränen weinte. Im Schein des nächsten Blitzes sah Posey, dass es nicht Tränen waren, sondern Blut, das ihr das Gesichtchen hinunterlief. Das Mädchen winkte.

Ohne die Hand zu heben, ging Posey mit Mira ins Cottage und machte die Tür hinter sich zu.

»Wir werden von hier fortgehen, nur du und ich«, flüsterte sie Mira ins Ohr. »Alles wird gut. Mami bleibt bei dir.«

NACHWORT

Danke, dass du FELICITY GREENS HALLOWEEN-STORYS gelesen hast. Ich hoffe, das Buch hat dir gefallen. Dann würde ich mich freuen, wenn du anderen davon erzählst – beispielsweise in Form einer Rezension auf Lovelybooks. Goodreads, anderen Leser-Communities und natürlich dem Online-Händler deiner Wahl.

Melde dich doch auch für meinen Newsletter an! Als Dankeschön bekommst du ein gratis Buch und jeden Monat exklusives Bonus-Material zu meinen Büchern – nur für Leserclub-Mitglieder. Außerdem erfährst du immer als Erste, wenn es bei mir etwas Neues gibt.

www.felicitygreen.com/leserclub

Kennst du schon alle HIGHLAND-HEXEN-KRIMIS? Blätter weiter, um eine Übersicht aller Bänder der Paranormal Cozy Mystery-Reihe zu bekommen. **Im Anschluss folgt eine Leseprobe aus DER TEUFEL IM DETAIL.**

Verschwundene Männer. Ein schottischer

Hexenzirkel. Und eine Frau, die endlich Antworten will ...

Die schottischen Highlands. Dessie McKendrick ist besessen. Zehn Jahre ist es her, dass ihr Mann während ihrer Hochzeitsreise spurlos verschwand. Dessie eröffnete ein kleines B&B in dem Dorf, in dem er das letzte Mal gesehen wurde, und untersucht seitdem jedes kleinste Detail seines Verschwindens – ohne Erfolg. Doch als ein weiterer junger Mann verschwindet, fühlt sie sich in ihrem Verdacht endlich bestätigt.

Alle Spuren führen zum örtlichen Heimatverein. Als Dessie nachts einer verdächtigen Gestalt in den Wald folgt, wird sie Zeugin eines geheimnisvollen Rituals. Und ausgerechnet ihre einzige Verbündete entpuppt sich als Hexe – mit zweifelhaften Absichten und einem dubiosen magischen Auftrag ...

Wird Dessie es schaffen, eine gefährliche Verschwörung aufzudecken? Oder gerät sie selbst ins Visier eines Hexenzirkels, der seine dunklen Geheimnisse um jeden Preis bewahren will?

DER TEUFEL IM DETAIL ist der spannende Auftakt der Highland-Hexen-Krimis, einer paranormalen Cozy-Krimi-Reihe voller Magie, Spannung und schottischen Mythen. Wenn du kluge Heldinnen, überraschende Wendungen und eine Prise Hexenzauber liebst, wirst du dieses Buch lieben.

Jetzt lesen und dem Geheimnis auf die Spur kommen!

Außerdem gibt es auf den nächsten Seiten eine Leseprobe der VIOLET-GRAVE-MYSTERY-THRILLER aus Band 1, GRABSCHWESTERN.

Eine verlassene Nervenanstalt, Knochen im ausgetrockneten See – und ein Grab, das Violet Grave flüstert, sie solle zuhören …

Loch Laggandhu, Schottland: Die Grabkünstlerin Violet Grave besitzt eine Gabe, die sie lieber verbergen würde – sie kann den längst Vergessenen eine Stimme verleihen. Als sie die menschlichen Überreste auf dem Seeboden identifizieren soll, geschieht das Undenkbare: Die Toten schweigen.

Der forensische Anthropologe David Bennett hält Violets übersinnliche Mithilfe für Unsinn. Doch während sie gemeinsam ermitteln, zieht ein Grab auf dem Klinikfriedhof Violet unwiderstehlich an. Es gehörte einem charismatischen Arzt mit dunklen Methoden – und es öffnet ein Tor zu Albträumen, die Vergangenheit und Gegenwart verschlingen.

Je tiefer Violet gräbt, desto stärker droht sie den Verstand zu verlieren. Kann sie das Rätsel der viktorianischen Heilanstalt lösen, bevor sie das Schicksal jener

Frauen ereilt, die auf dem Grund des düsteren Sees begraben liegen?

- Paranormaler Geisterthriller mit Female-Sleuth-Spannung
- Viktorianische Nervenanstalt, schottischer See & knisternde Gothic-Atmosphäre
- Für Fans von übersinnlichen Ermittlungen, düsteren Friedhofsgeheimnissen und starken Heldinnen

Jetzt GRABSCHWESTERN lesen und in Violets Welt aus Gräbern, Geheimnissen und geisterhaften Stimmen eintauchen!

HIGHLAND-HEXEN-KRIMIS

Band 1: Der Teufel im Detail

Band 2: Der Teufel im Leibe

Band 3: Der Teufel in der Küche

Band 4: Der Teufel im Bunde

Band 5: Der Teufel im Spiel

Band 6: Der Teufel im Eichhörnchen

(Bonus-)Band 7: Der Teufel im Grabe

(Bonus-)Band 8: Muse Gesucht

Highland-Hexen-Adventskalenderkrimi

Highland-Hexen-Kurzgeschichten: Die zwölf Rauhnächte

Sammelband 1-3: Die ersten drei Bände im Sparpaket

Sammelband 1-6: Die Serie im Sparpaket

Teuflisch Einsam: Eine Highland-Hexen-Krimi-Novelle

Mehr Informationen und Händler-Links auf www.felicitygreen.com

DER TEUFEL IM DETAIL - LESEPROBE 1

ANDIE

Das Boot glitt über den See, so als ob es nicht auf dem Wasser fahren, sondern auf dem dichten Nebel schweben würde. Im Boot stand eine hochgewachsene junge Frau. Sie glich einer Galionsfigur: hölzern, Kinn energisch vorgeschoben, Blick starr nach vorn gerichtet.

Der See hätte jeder Loch in den schottischen Highlands sein können, aber Andie wusste, so wie man in Träumen Dinge einfach wusste, dass es sich um Loch Lomond handelte.

Am Ufer angekommen, stieg die Frau mit den schulterlangen blonden Haaren aus dem Boot aus. Andie kannte sie. Es war Dessie McKendrick.

Dessie drehte sich zu ihr um und spätestens jetzt wurde Andie bewusst, dass es sich nicht um einen gewöhnlichen Traum handelte.

Sie selber war in diesem Traum zugegen und folgte Dessie in den kleinen Ort, der am Ufer des Sees gelegen war. Es war Tarbet, Andies Heimatort. Andie erkannte die Namen der Gasthäuser und B&Bs auf den Schildern vor den Häusern. Jedes zweite Haus in Tarbet vermietete

Gästezimmer. Das malerische Örtchen in den Highlands lebte vom Tourismus. Dessie war ebenfalls hier zu Hause. Vor einigen Jahren zugezogen, war auch sie die Besitzerin eines B&Bs.

Dort schien sie jetzt, in Andies Traum, auch hinzugehen. Immer wieder schaute sie sich um, um sicherzustellen, dass Andie ihr auch folgte. Ihre grauen Augen wirkten ausdruckslos. Dennoch hatte ihre ganze angespannte Körperhaltung etwas Dringliches.

Dessie's B&B war ein weiß getünchtes, großes, verwinkeltes Cottage, das Andie noch nie zuvor betreten hatte. Sie folgte Dessie ins Haus, bis sie vor der Tür mit der Nummer 3 standen.

Dessie schaute Andie an, hielt einen Moment lang inne, nahm dann den Schlüsselbund aus der Tasche und schloss die Tür auf. Plötzlich befand sich Andie mitten im Zimmer, ohne sich daran zu erinnern, hineingegangen zu sein. Die Tür war geschlossen.

Dessie, oder um genauer zu sein, Dessies Doppelgängerin, hob langsam den Zeigefinger und legte ihn auf ihre Lippen. Andie sah sich im Zimmer um. Die Wände waren voll mit Zeitungsausschnitten, Fotos und Dokumenten. Ab und zu blitzte noch die Tapete mit dem Blümchenmuster dahinter hervor, aber der größte Teil der Wandfläche war bedeckt. Unzählige Gegenstände lagen überall herum. Unter dem Chaos konnte Andie ein gewöhnliches Gästezimmer entdecken.

Das war es wohl einmal gewesen, bevor es so zugemüllt worden war. Ein großer Schreibtisch war in eine Ecke gequetscht worden. Der Schrank, dessen Türen offen standen, quoll über vor Männerkleidung. Auf dem Fußboden waren Gegenstände zu kleinen Haufen aufgetürmt. Hier ein Turm CDs, dort ein Stapel Bücher. In einer Ecke stand eine Sammlung verstaubter Whiskyflaschen auf einem Wägelchen aus Edelstahl. Vor dem Bett lagen ein großer grüner Rucksack und weitere Dinge, die zur Campingausrüstung gehörten. Andere, eher ungewöhnliche Sachen, waren auf dem Bett ausgebreitet. Auf den ersten Blick hatte es Andie für Unordnung gehalten, doch jetzt sah sie, dass die Gegenstände der Größe nach sortiert worden waren. Ein silberner Brieföffner, eine Spieluhr mit Zirkustieren, kleine Bilder mit bunten geometrischen Figuren, eine Dartscheibe, Billardstöcke.

Dessies Doppelgängerin nahm die Spieluhr in die Hand, ließ sie dann wieder fallen, ging zur Wand, zeigte auf ein Foto und verzog den Mund zu einem Lächeln, das aber ihre Augen nicht erreichte. Auf dem Foto war ein junger Mann zu sehen, der wie ein kalifornischer Surfer aussah. Strahlend blaue Augen, blonde zerzauste Haare, blendend weiße Zähne, braun gebrannt. Dessie wirkte immer noch irgendwie mechanisch, wie es Doppelgängern so eigen war. Doch aus ihren ausdruckslosen Augen flossen Tränen, die ihre blassen Wangen herunterkullerten.

Andie wartete gespannt, was als Nächstes passieren würde. Vielleicht handelte es sich ja tatsächlich nur um einen Traum. Sie hoffte, dass es nur ein Traum war. Doch insgeheim wusste sie, was am Ende dabei herauskommen würde. Es war schließlich nicht das erste Mal, dass sie so etwas erlebte.

Dessies Haut wurde immer blasser und trockener, bis sie an Pergamentpapier erinnerte. Andie strengte sich an aufzuwachen. Doch es gelang ihr nicht. Traum-Andie konnte sich noch nicht einmal von der Stelle rühren, als Dessies graue Augen in die Höhlen zurücktraten, die Haare büschelweise ausfielen und die Fingernägel sich von den Fingerkuppen lösten. Die große Frau wurde vor Andies Augen immer verschrumpelter, wie eine Mumie.

Andie kannte das Gefühl der Hilflosigkeit nur zu gut, das sie nun überkam. Wieder gab sie sich Mühe, endlich aufzuwachen, doch Andie im Traum gelang es noch nicht einmal, die Augen abzuwenden. Sie war gezwungen mit anzusehen, wie Dessie McKendrick sich zersetzte.

Dann kam das Schlimmste, das, was Andie als Kind immer eine Heidenangst eingejagt und ihr schlaflose Nächte bereitet hatte.

Aus Dessies Körperöffnungen, den Augenhöhlen, den Ohren, dem Mund, den Nasenlöchern, quollen weiße kleine Maden. Die Maden schienen sie von innen aufzufressen, bis nur noch Knochen und die Pergamenthaut übrig waren. Schließlich fiel auch das Knochen-Haut-Gebilde in sich zusammen. Wie aus dem Nichts erschienen Käfer und andere Insekten, die sich über die Reste von Dessie McKendrick hermachten. Der winzige Haufen auf den Holzdielen in Zimmer Nummer 3, der einmal Dessie gewesen war, verschwand schneller, als Andie sich ekeln konnte.

Aus Erfahrung wusste Andie, dass es sowieso nichts brachte. Sie war gezwungen, das hier mit anzusehen.

Als Dessie vollends verschwunden war, wurde es richtig kalt im Raum. Traum-Andie klapperten die Zähne. Sie schlang die Arme um den fröstelnden Körper. Nebel drang unter dem Türspalt hervor, durch das offene Fenster und diverse Ritzen und Spalten in den Wänden. Bald war das ganze Zimmer voller Nebel, sodass Andie nichts mehr sehen konnte. Panisch versuchte sie, sich im Raum zu orientieren und die Tür zu finden.

Sie musste aus diesem Traum entkommen. Aus diesem Haus. Aus diesem Zimmer.

VORSICHTIG TASTETE ANDIE NACH DER TÜR UND BEKAM eine Klinke zu fassen. Als sie die Augen aufmachte, brauchte sie einen kleinen Moment, bis ihr bewusst wurde, dass sie in ihrem Zimmer in Edinburgh stand.

Sie träumte nicht länger, sie war wach und sie war

schlafgewandelt. Es war ihre Tür, ihre Klinke, die sie erreicht hatte, nicht die in Zimmer Nummer 3 in Dessie's B&B. Ihr Atem ging keuchend und ihr war immer noch kalt. Es dauerte eine Weile, bis sie dem Gefühl der Erleichterung trauen konnte.

Andie nahm sich den Bademantel, der an einem Haken an der Tür hing, und zog ihn sich über. Das Zimmer in dem Haus, das sie sich mit anderen Studenten teilte, war in fahles Mondlicht getaucht. Andie setzte sich auf die Bettkante, schaltete die Nachttischlampe an und ließ sich den Traum, die Vision, noch einmal durch den Kopf gehen.

Seit Beginn ihres Biotechnologie-Studiums hier in Edinburgh hatte sie derartige Träume nicht mehr gehabt. Sie war recht froh gewesen, Tarbet zu entkommen, obwohl sie immer gewusst hatte, dass ihre besondere Gabe sie wahrscheinlich dorthin zurückbringen würde.

Selbst einem stillen, introvertierten Mädchen wie ihr kam der kleine Ort langweilig vor. Edinburgh war um einiges aufregender. Und sie hatte schließlich Optionen. Dennoch musste sie hart dafür arbeiten. Nicht nur die akademischen Leistungen hatte sie bringen müssen, sondern sich auch das Studium selber finanzieren. Ihre Eltern waren nicht gerade wohlhabend.

Das Semester war gerade zu Ende und sie musste sich sowieso einen Job suchen. Ihre Hoffnung, die Semesterferien in Edinburgh verbringen zu können, hatte sich mit diesem Traum zerschlagen. Natürlich gab es auch die Möglichkeit, den Traum zu ignorieren, aber das konnte sie einfach nicht. Das lag nicht nur daran, dass sie ein verantwortungsbewusstes Mädchen war.

In der Vergangenheit hatte sie schon öfter versucht, derartiges zu verdrängen. Die Träume würden nur schlimmer werden, eine Dunkelheit würde sich in ihr ausbreiten und von innen auffressen. Sie würde nicht mehr schlafen, nicht mehr essen, nicht mehr ihr Zimmer verlassen können, bis sie den Hilferuf der Doppelgängerin erhörte.

Dessie McKendrick brauchte ihre Hilfe – und vermutlich wusste sie nichts davon.

Andies Freundin Tara half den Sommer über in Dessie's B&B aus. Vielleicht konnte Andie ihre Stelle übernehmen. Tara würde die besonderen Umstände verstehen.

Andie schob sich eine Strähne ihres langen, dunkelbraunen Haares hinter das Ohr und seufzte. Dann stand sie auf, zog den Koffer aus dem Schrank, legte ihn aufs Bett und fing an zu packen. Morgen früh würde sie nach Tarbet fahren. Es gab keinen Grund, das Ganze aufzuschieben.

Sie hatte einen Job zu erledigen.

DER TEUFEL IM DETAIL -
LESEPROBE 2

DESSIE

Grayson zeigte auf die Flasche Wein. Dessie schüttelte nur stumm den Kopf, nahm ihr leeres Glas in die Hand, stand auf und ging zur Küchenzeile am anderen Ende des großen Frühstücksraums.

Sie stellte das Glas in die Spüle und horchte, hörte aber kein *gluck, gluck* des Weins, der aus der Flasche gegossen wurde. Ihre Schultern entspannten sich. Sie konnte es sich nicht leisten, mehr als ein Glas Wein mit Grayson zu trinken.

Sie hatte das Gespräch wie immer sehr genossen, wünschte sich jedoch jetzt, dass Grayson auf sein Zimmer gehen würde. Dennoch war sie etwas enttäuscht, als sie das Scharren des Stuhles vernahm. Regentropfen hämmerten leise gegen das Fenster über der Spüle. Ein typischer schottischer Sommer. Einer der Gründe, warum sie hier so gerne wohnte, dachte Dessie bitter.

Grayson räusperte sich. »Ich gehe besser schlafen. Ich muss morgen früh raus, schon vor dem Frühstück.«

»Stimmt, dein Trip«, sagte Dessie, immer noch aus dem Fenster in die dunkle, regnerische Nacht starrend. Der

Gedanke, dass sie Grayson vermissen würde, war Dessie unangenehm. Sie versuchte, die Schmetterlinge in ihrem Bauch zu ignorieren, die sich jedes Jahr vermehrt dort breitmachten, wenn Grayson den Sommer in ihrem Bed & Breakfast verbrachte.

Seit vielen Jahren war der Amerikaner nun Dauergast über die Sommermonate, benutzte *Dessie's B&B* als Basis für seine Abstecher zu anderen Destinationen in Europa. Lange hatte Dessie es gar nicht zugelassen, dass sich eine Freundschaft bilden konnte. Doch irgendwann waren aus Smalltalk tiefere Gespräche geworden. Mittlerweile hatten sie sich angewöhnt, im großen Frühstücksraum, in dem Dessie abends auch für sich kochte, die Abende mit einem Glas Wein ausklingen zu lassen, wenn Grayson da war.

Natürlich fühlte sich Dessie schuldig. Aber da war noch eine andere Emotion, etwas Köstliches, Gefährliches, dem sie nicht widerstehen konnte. Doch widerstehen musste und würde sie.

Dessie drehte sich zu Grayson um. Sie musste sich nicht zu einem Lächeln zwingen, als sie den gut aussehenden Mann mit den klaren blauen Augen und dem dunklen Haar ansah. Die silbernen Schläfen ließen ihn älter wirken, als er war, wahrscheinlich Ende dreißig, Anfang vierzig, und gaben ihm außerdem ein äußerst respektables Erscheinungsbild. Sicherlich half es ihm bei seiner Arbeit als Vermögensberater, so vertrauenswürdig auszusehen, dachte sich Dessie.

Er war immer vage, was seinen Beruf anging, aber sie nahm an, dass er sehr erfolgreich war. Schließlich konnte er es sich erlauben, mehrere Monate im Jahr Urlaub zu machen. Doch manchmal traf er sich auch mit Kunden in Europa, und Grayson hatte ihr erzählt, dass er morgen ein Meeting in London hatte.

Dessie musste sich auf die Zunge beißen, bevor ihr ein »Du wirst mir fehlen« entweichen konnte. Deshalb sagte sie gar nichts, sondern nickte nur stumm. Wenigstens musste sie sich keine Sorgen machen, dass Grayson sie für abweisend hielt, schließlich war er ihre sehr distanzierte Art gewöhnt.

Er wünschte ihr ruhig eine gute Nacht, schenkte ihr ein strahlendes Lächeln und ging dann in sein Zimmer.

Dessie nahm Graysons Glas, trank den letzten Schluck aus, den er immer darin ließ – eine Angewohnheit von ihm – und stellte es neben ihres in die Spüle.

Kurz spielte sie mit dem Gedanken, die Gläser dort stehen zu lassen, überlegte es sich dann aber schnell anders. Es würde morgen früh, wenn viel zu tun war, eine weitere Arbeit bedeuten, die sie womöglich nur stresste. Routine, die sie immer strikt einhielt, brachte Dessie durch den Tag.

Sie war gerade dabei, den Hahn aufzudrehen, als die Türklingel sie in ihrer Bewegung innehalten ließ. Dessie schaute auf die Wanduhr über der Tür. Unweigerlich zog sie die Brauen zusammen. Das Wassertaxi von der Jugendherberge, dachte sie, und ein kalter Schauder lief ihr über den Rücken.

Wenn so spät noch Gäste kamen, dann waren es meist die armen West-Highland-Way-Wanderer, die in der Rowardennan-Jugendherberge am anderen Ufer des Sees kein Zimmer mehr bekommen hatten. Ein mulmiges Gefühl beschlich Dessie, als sie zur Haustür ging und sie öffnete.

Vor ihrer Tür standen tatsächlich vier junge Menschen mit großen Rucksäcken auf dem Rücken. Dessie schaltete die Außenbeleuchtung an. Die jungen Leute, zwei Frauen und zwei Männer, höchstens Anfang zwanzig, waren vom Regen durchnässt.

»Ja bitte?«, fragte Dessie.

»Auf Ihrem Schild steht nicht *Kein Zimmer frei*«, sagte eine der jungen Frauen in jammerndem Tonfall.

Die roten Locken klebten ihr im Gesicht, schwarzer

Mascara hatte Spuren auf ihren Wangen hinterlassen und ihr Lippenstift war verschmiert.

Dessie konnte kein großes Mitleid für sie aufbringen. Wieder einmal Wanderer, die unterschätzt hatten, wie anstrengend der berühmte Langstreckenwanderweg war, der von Milngavie hinter Glasgow bis Fort William in den Highlands ging. Dieses Mädchen, das wahrscheinlich eine große Schminktasche im Rucksack mitschleppte, würde es sicherlich nicht bis Fort William durchhalten. Vermutlich würden sie und ihre Freunde morgen schon in den Zug steigen und mit der West-Highland-Bahn weiterfahren, statt die ganze Wanderung, die gut neun Tage dauern konnte, zu überstehen.

»Bitte sagen Sie uns, dass Sie noch Zimmer haben«, wiederholte die Rothaarige und sah sie mit einem flehenden Blick aus den großen blauen Kulleraugen an.

»Ich habe nur noch ein Zimmer mit einem Doppelbett frei«, sagte Dessie und zuckte entschuldigend mit den Schultern.

Sie war schon dabei, die Tür wieder zu schließen, als die Frau einen Fuß dazwischenschob. Bevor Dessie sich's versah, stand sie halb in ihrem Eingang.

»Wir nehmen es«, schrie sie, packte den jungen Mann, der neben ihr stand, am Arm und zog ihn ins Haus.

»Ein Zimmer mit einem Doppelbett«, wiederholte Dessie etwas überrumpelt. »Also leider nicht genug Platz für vier Personen.«

»Sie sind unsere letzte Rettung«, sagte die Frau und strich sich die nassen Locken aus dem Gesicht. »Wir waren schon überall, doch im ganzen Ort hat es keine freien Zimmer.«

»Aber Val«, sagte der junge Mann, den die Rothaarige immer noch am Handgelenk hielt. »Was ist denn mit Nicole und Nate, wir können doch nicht …«

»Jetzt waren wir eben schneller«, winkte Val ab.

»Müssen wir etwa alle leiden und im Regen stehen bleiben, wenn es nun mal nur noch dieses eine Zimmer gibt?« Sie ließ den Jungen los und streifte den Rucksack von ihren Schultern. »Gott, ist das Scheißding schwer!«

»Tut mir leid«, sagte der junge Mann, ein richtiger Durchschnittstyp, in Richtung des anderen Mädchens.

Die zierliche junge Frau, die noch vor der Tür stand, schob frustriert die Kapuze ihres Regenmantels vom Kopf. Sie hatte lange, dunkle Haare und große traurige Augen. »Schon gut, Sam«, sagte sie resigniert. Sie drehte sich zu dem anderen Mann um, der sich etwas weiter im Hintergrund hielt. Doch der schaute nur auf seine Schuhe und murmelte etwas Unverständliches.

»Haben Sie vielleicht noch einen Tipp, wo die beiden hingehen könnten?«, wandte sich Sam an Dessie.

Die Nackenhaare stellten sich ihr auf und sie konnte kaum atmen. Ohne zu blinzeln, starrte sie den jungen Mann für eine gefühlte Ewigkeit an.

Die Unsicherheit stand ihm ins Gesicht geschrieben. »Entschuldigung, aber wissen Sie vielleicht von einem B&B, das noch nicht belegt ist?«, wiederholte Sam seine Frage, in der Annahme, dass sie ihn nicht verstanden hätte.

Dessie schluckte schwer, atmete langsam durch die Nase ein und räusperte sich. Nein, sie durfte nicht projizieren, sondern musste sich zusammenreißen.

Sei nicht albern, schalt sie sich selber.

Sie zwang sich, die Worte auszusprechen, obwohl sich alles in ihr dagegen sträubte. »Mrs MacDonald hat sicher noch ein Zimmer frei. Zwei Straßen weiter links den Berg hoch. Es heißt *Thistle Inn*, aber eigentlich ist es …«, schweifte Dessie ab.

»Versucht es doch da«, meinte Sam, »oder sollten wir vielleicht alle dorthin …?«

Unsicher blickte er Val an. Die schüttelte energisch den Kopf. »Wir bleiben hier«, entschied sie.

»… Inn ist etwas irreführend«, fuhr Dessie fort. »Es sind nur zwei Zimmer in ihrem Haus, die Mrs MacDonald vermietet, man teilt das Bad mit ihr und so weiter, also, äh, eine Art traditionelles Bed & Breakfast. Eher altmodisch, falls Ihnen das etwas ausmachen sollte«, fügte sie hoffnungsvoll hinzu.

Doch es half nichts. Schließlich war das hier für die jungen Leute die letzte Zuflucht. Ein Dach über dem Kopf war jedenfalls besser als im Regen zu stehen, auch wenn es das schlechteste B&B in Tarbet war. Nun, schlecht war es ja nun nicht gerade, aber …

Dessie schüttelte den Kopf, so als ob sie die düsteren Gedanken damit abschütteln könnte.

Nicole sah sich wieder zu dem Jungen um, dessen Gesicht Dessie im Dunkeln und im Regen nicht genau ausmachen konnte. »Also sollen wir?«

Nate zuckte unschlüssig mit den Schultern und brummelte etwas, das wie »Mir egal« klang.

»Na dann«, sagte Nicole seufzend und winkte den anderen beiden zum Abschied zu. »Bis morgen.«

»Zimmer Nummer fünf«, sagte Dessie tonlos zu Val und Sam. Die beiden gingen ins Haus, doch Dessie blieb noch einen Moment an der Tür stehen und sah den traurigen Gestalten nach, eine groß, eine klein, die in der dunklen Nacht verschwanden.

Sie wusste, es war völlig irrational, aber sie konnte das schreckliche Gefühl nicht abschütteln, dass sie Nate und Nicole ins Verderben geschickt hatte.

Jetzt DER TEUFEL IM DETAIL weiterlesen.
E-Book, Taschenbuch und Hörbuch überall im Handel erhältlich.

GRABSCHWESTERN - LESEPROBE

D ie Knochen blieben stumm.

Die braunen Gebeine auf dem Grund des halb ausgetrockneten Loch Laggandhu wollten Violet ihre Geheimnisse nicht verraten.

Nicht das leiseste Raunen war zu vernehmen. Da war bloß das Rauschen des Windes in den Kiefern, die den tiefen See im Cairngorms Nationalpark umgaben.

Eine seltsame Mischung aus Erleichterung und Enttäuschung machte sich in ihr breit.

Violet würde Cat bestätigen müssen, dass sie ihr nicht helfen konnte. Sie hatte doch gewusst, dass es töricht von ihr gewesen war, sich überreden zu lassen, nach Schottland zu kommen.

Dennoch verursachte es ihr körperliches Unbehagen, dass sie beim Anblick der Toten so rein gar nichts spürte – weder sachte Vibrationen noch eine leise Ahnung.

Es wäre das Vernünftigste, sie setzte sich gleich wieder ins Auto und fuhr zurück nach Brighton, ohne dieser Sache weitere Bedeutung zuzumessen.

Violet drückte den Rücken durch und streckte das

Gesicht in den Wind, obwohl sie an diesem empfindlich kühlen Apriltag in den schottischen Highlands die Nase lieber in den schwarzen Fellbesatz ihres Mantelkragens gesteckt hätte. In 360 Metern Höhe waren die Temperaturen hier um einiges niedriger als in ihrer Heimat in Südengland.

Aber sie weigerte sich, sich von den stur schweigenden Knochen und der wilden, unwirtlichen Umgebung einschüchtern zu lassen.

Natürlich spürte sie hier nichts.

Es handelte sich um verstreute Skelette, die nicht einmal begraben worden waren.

Kein Stein markierte ihre Grabstätte und verankerte sie in der Gegenwart.

So konnte Violet selbstverständlich keine Verbindung mit ihnen aufnehmen, denn sie hatte eine besondere Affinität zu Gräbern. Es waren die Grabsteine, die ihr Geschichten erzählten, nicht die Überreste derer, die darunter beerdigt worden waren.

Genau das hatte sie Cat auch schon gesagt.

Violet wandte sich vom See ab und kletterte über Baumwurzeln, Steine und Kriechgewächse den Uferhang hinauf. Sie erschauderte, als ihr in den Sinn kam, dass Laggandhu »dunkle Senke« bedeutete. Genauso fühlte sich dieses Loch auch an und das Düstere im Rücken machte sie unruhig. Vielleicht waren es doch die Knochen, die dieses Gefühl verursachten? Vielleicht sendeten sie ihr *doch* Signale …? Violet drehte sich noch einmal um, aber ihr ursprünglicher Eindruck änderte sich nicht.

Sie war froh, als sie die Bäume hinter sich ließ, die den See wie ein Ring von Wächtern umgaben, auch wenn der Wind ihr hier auf dem ungeschützten Gelände die schwarzen Haarsträhnen ins Gesicht blies.

Violet stapfte über die unwegsame Heide auf eine der

wenigen noch stehenden Außenmauern der ehemaligen Nervenheilanstalt zu. Dort waren Zelte aufgebaut worden, und Cat und ihr Team von Highland Archaeology warteten nur darauf, dass sie mit der Bergung der Knochen anfangen konnten.

Violets Blick ging suchend zwischen den wuselnden Menschen umher, bis er auf Cat traf. Die hatte ihre rötlich blonden Haare zu einem nachlässigen Dutt zusammengebunden und trug, wie die anderen Mitglieder ihres Teams, wetterfeste Kleidung in Erdtönen. Sie führte eine lebhafte Unterhaltung mit einem älteren, größeren Mann. Wenn Cat so heftig gestikulierte, dann hieß das, dass sie unter Strom stand.

Kein Wunder. Cats Job stand auf dem Spiel, wenn sie und ihr Team nicht hervorragende Arbeit leisten würden.

Violet seufzte. Sie hatte keine große Lust, ihrer Freundin gleich erklären zu müssen, dass sie ihr nicht helfen konnte.

Wieder wünschte sie sich, sie wäre gar nicht erst hergekommen. Aber Cat konnte sehr energisch sein, wenn sie sich etwas in den Kopf gesetzt hatte. Ihre Überredungskünste waren so gut, dass sich Violet nach dem gestrigen Telefongespräch gleich ins Auto gesetzt hatte und losgefahren war.

Den Verlauf der Unterhaltung hatte sich Violet während der langen Fahrt quer durch das nächtliche Großbritannien immer wieder in Erinnerung gerufen.

»Wie du weißt, ist das mein erstes großes Projekt mit dieser Firma«, hatte Cat gesagt. »Dir gegenüber kann ich es zugeben: Ich war teilweise leicht überfordert. Bislang ist es glimpflich abgelaufen. Aber jetzt … jetzt geht alles den Bach runter, Violet. Und ich weiß nicht, was ich machen soll. Wenn ich das verbocke, ist meine Karriere bei Highland Archaeology beendet.«

Violet hatte einen Moment lang geschwiegen. Cat hatte ihr in den letzten Wochen immer wieder vorgeschwärmt, wie toll dieses Grabungsunternehmen war. Es beschäftigte über hundert Leute und war die größte private Grabungsfirma, die archäologische Baubegleitung, privat finanzierte Ausgrabungen und Beratung zu Denkmalschutz unter einem Dach vereinte. Violet wusste nicht recht, was sie als unabhängigkeitsliebende Künstlerin von dieser kommerziellen Archäologie halten sollte. Erst hatte sie gar nicht richtig verstanden, was Baugebietserschließungen, Windparks, Straßenbau und dergleichen mit Archäologie zu tun hatten, bis Cat ihr erklärte, dass private und staatliche Bauunternehmungen sich auf diese Weise absicherten. Wenn man bei einem schon vorangeschrittenen Projekt auf archäologisch bedeutsame Zufallsausgrabungen oder irgendetwas im Bereich Kulturerbe stieß, dann kam es zu einem Baustopp. Deshalb wurde vorher alles ausgelotet, um eine solche, oft mit hohen Kosten verbundene Unterbrechung später zu vermeiden. Aus dem Grund heuerten die Bauunternehmen Firmen wie Highland Archaeology an.

Doch anscheinend war in diesem Fall, der Anlage eines großen Luxus-Golfresorts, gerade das passiert, was Cats Firma hätte verhindern sollen.

Nachdem das Gelände mit der Ruine einer alten Nervenheilanstalt untersucht und eine Lösung für den Schutz eines kleinen Friedhofs gefunden worden war; nachdem das Bauunternehmen sich mithilfe von Scotland Enterprise, einer staatlichen Behörde für Wirtschaftsentwicklung, gegen Umweltschützer durchgesetzt hatte und nachdem dem Bauantrag dank Cats Gutachten stattgegeben worden war und erste Bauarbeiten begonnen hatten … waren menschliche Überreste auf dem Areal entdeckt worden.

Verständlich also, dass Cat Panik schob. Eigentlich hatten sie und ihr Team versagt. Dass sie jetzt damit beauftragt wurde, die Knochen untersuchen zu lassen, war sozusagen ihre Bewährungsprobe. Wenn Cat nicht dafür sorgte, dass sie das »kleine Problem« schnell und effizient aus dem Weg räumte, dann war sie ihren Job los.

»Ich würde dir wirklich gerne helfen, Cat«, hatte Violet gesagt. »Aber ich bin doch kein ... menschlicher Leichendetektor. Ich habe lediglich eine besondere Verbindung zu Gräbern. Friedhöfe sind mein Metier. Ich weiß nicht, wie du dir das vorstellst, was ich da genau machen soll ...«

»Ich weiß es auch nicht genau, Violet«, war Cats etwas verzweifelt klingende Antwort gewesen. »Aber wir müssen das gesamte Gelände absuchen, um sicherzustellen, dass es nicht noch weitere Leichen gibt. Die wir anscheinend übersehen haben. Natürlich haben wir Geräte, die uns dabei helfen können. Doch das Gebiet ist so groß und ich stehe unter riesigem Druck, in kürzester Zeit zu bestätigen, dass es sich nur in diesem unseligen See um Knochenfunde handelt, von denen wir unmöglich etwas wissen konnten. Von denen niemand etwas erfahren hätte, wenn Loch Laggandhu nicht ausgetrocknet wäre. Ich meine, wie hätten wir ahnen können, dass es Leichen auf dem Grund gibt?« Cat hatte in beschwörendem Tonfall hinzugefügt: »Ich erwarte nichts von dir, Violet. Aber wenn es eine klitzekleine Chance gibt, dass du auch nur eine winzige übernatürliche Ahnung hast, wo sich noch mehr Überraschungen auf dem Grundstück verbergen, dann würdest du mir damit wirklich helfen.«

»Ich weiß nicht. Ich will dich natürlich nicht im Stich lassen, aber ...«

»Denk nur an den Friedhof.« Cat hatte triumphierend geklungen, als sie dieses Ass aus dem Ärmel zog. »Den alten Friedhof, der zu der Nervenheilanstalt gehört hat. Einer der Gründe, warum Highland Archaeology überhaupt beauftragt wurde. Der Golfkurs muss um diesen Friedhof herumgebaut werden, die alten Gräber bleiben erhalten. Auf jeden Fall wäre das doch was für dich, oder? Der Friedhof einer alten viktorianischen Irrenanstalt? Genau dein Ding.«

Alte Friedhöfe zogen Violet in der Tat magisch an. Das viktorianische Zeitalter war ihr Spezialgebiet. Davon abgesehen war Cat eine ihrer einzigen wahren Freundinnen und sie brauchte sie.

So hatte sie sich tatsächlich zu diesem Trip nach Schottland verleiten lassen, obwohl sie sich geschworen hatte, so bald nicht mehr dorthin zurückzukehren. Die schmerzlichen Erinnerungen an das, was hier vor ein paar Jahren vorgefallen war, saßen zu tief. Widersprüchlicherweise war alles um den Tod ihres Exfreundes Ethan nur noch sehr nebulös in ihrem Gedächtnis vorhanden. Vielleicht lag es einfach daran, dass ihre Psyche sich gegen eine Auseinandersetzung mit dieser traumatischen Zeit wehrte, sodass sich immer wieder ein dunkler Schleier über den Blick in diese Vergangenheit legte, sobald sie ihn wagte.

Auf jeden Fall hatte sie es seither vermieden, in diese Ecke Großbritanniens zurückzukehren. Nun, die Cairngorms befanden sich viel weiter nördlich als alles, was sich um Ethans tragischen Tod herum abgespielt hatte. Und der Versuchung, mal wieder einen schottischen Friedhof zu erleben, war schwer zu widerstehen.

Nun war sie schon einmal hier, sagte sich Violet jetzt, und ging auf Cat zu. Auch wenn sie sich vorhin, am dunklen See, vorgenommen hatte, gleich wieder nach Hause zu fahren, wusste Violet, dass sie nicht heimkehren würde, ohne den Friedhof der viktorianischen Nervenheilanstalt zu sehen.

Und sie musste Cat, die ihr Gespräch mittlerweile beendet hatte und sie erwartungsvoll anschaute, vielleicht noch nicht so ganz enttäuschen.

Vielleicht würden ihr die Gräber tatsächlich etwas verraten, was die Knochen im Loch Laggandhu verschwiegen.

Jetzt GRABSCHWESTERN weiterlesen.
E-Book, Taschenbuch und Hörbuch überall im Handel erhältlich.

DIE AUTORIN

Felicity Green schreibt Urban Fantasy und Paranormal Mystery-Serien für Leserinnen, die Mythen und Magie, unerwartete Wendungen, Gänsehaut und große Gefühle lieben.

Felicity wurde in der Nähe von Hannover geboren und zog nach dem Abitur nach England. In Canterbury studierte sie Literatur und Schauspiel. Später tingelte Felicity mit diversen Theatergruppen durch England, Irland und Schottland – eine Inspiration für die Schauplätze ihrer Romane. An der University of Sussex schloss sie einen MA in Kreativem Schreiben ab.

Mit ihrem Mann Yannic, zwei Töchtern und Kater Rocks lebt sie jetzt an der Schweizer Grenze.

www.felicitygreen.com